U0585029

語可書坊

作家文摘　　**语之可**　　第一辑（01-03）

顾　问（以姓氏笔画为序）

冯骥才　孙　郁　张　炜　梁　衡

梁晓声　韩少功　熊召政

主　编　张亚丽　**副主编**　唐　兰

编　辑　姬小琴　裴　岚　之　语

设　计　于文妍　之　可

语之可

Proper words

修订版 03

也无风雨也无晴

作家出版社

图书在版编目（CIP）数据

语之可.03，也无风雨也无晴：修订版 /《作家文摘》主编 . -- 北京：作家出版社，2022.1

ISBN 978 - 7 - 5212 - 1565 - 6

Ⅰ.①语… Ⅱ.①作… Ⅲ.①散文集 – 中国 – 当代 Ⅳ.①I267

中国版本图书馆CIP数据核字（2021）第 209391 号

语之可03：也无风雨也无晴（修订版）

主　　编：《作家文摘》报社
责任编辑：姬小琴
特约编辑：裴　岚
装帧设计：于文妍
出版发行：作家出版社有限公司
社　　址：北京农展馆南里 10 号　　邮　　编：100125
电话传真：86 – 10 – 65067186（发行中心及邮购部）
　　　　　 86 – 10 – 65004079（总编室）
E – mail: zuojia@zuojia.net.cn
http://www.zuojiachubanshe.com
印　　刷：三河市紫恒印装有限公司
成品尺寸：120 × 190
字　　数：114 千
印　　张：7.375　　　　插页：16
版　　次：2022 年 1 月第 1 版
印　　次：2022 年 1 月第 1 次印刷
ISBN 978 - 7 - 5212 - 1565 - 6
定　　价：45.00 元

目 录

王 鹤　**赛金花：此生终被风尘误**　　　　　　　　　　*1*

赛金花一生忙个不休，从应接不暇的名妓，到生意兴隆
的鸨母，再到深谙世故的老妇，享乐与虚荣都曾有过，
说到底却还是苦涩居多。穷愁潦倒之际，逮到机会，当
然要回忆往昔珠光宝气的富贵、呼风唤雨的体面，再顺
便敷衍点救国救民的大话。

孙 郁　**鲁迅为什么远离胡适**　　　　　　　　　　　　*21*

鲁迅疏远胡适重要的原因，是在知识分子角色的理解上
有很大不同。前者要远离利害，那结果是不与权力者合
作。后者则认为，要建立民主、自由制度，空而论道殊
为可笑，不妨加入政府或帮助政府做事，所谓"好政府
主义"的主张就是这样来的。

余世存　**杜月笙：帮派优则仕**　　　　　　*35*

杜月笙在底层混过，自然知道下层人的艰难，老百姓如求到他头上，他总是让人如愿解决。在这方面，他几乎是司马迁笔下的"游侠"。他对来客几乎就是三句话："你的事体我晓得了。""我会替你办好。""好。再会。"

周立民　**沈从文和巴金的青春往事**　　　　　　*51*

沈从文不通外文，这些英译名著，是托巴金选购的。尽管如此，我总觉得沈从文所托非人，当时，巴金连女朋友都没有，也没有谈恋爱的经验，沈从文托巴金给女友选购礼品，选购的居然是这么一大堆书，也只有这两个书呆子能想得出来。张兆和觉得礼太重，退了大部分书，只收下《父与子》《猎人日记》和契诃夫小说集。

沈　寂　"冬皇"孟小冬秘辛　　　　　　　　　　　　　85

　　她摆脱杜月笙小妾的名分，单身一人，独自生活。她丢
弃原来那套华丽的家具，小屋里布置朴实简单，墙上依
旧挂着胡琴，那张《武家坡》的剧照，不单是她饰演的
薛平贵一人，而是将一直"折在背面的梅兰芳"重又抒平，
成为两个人的合影。

杨　沫　我生命中的三个爱人　　　　　　　　　　　　133

　　悲剧结束了。后面的生活是幸还是不幸呢？我就像那个
喀秋莎——后来的玛丝洛娃。怀了孕被情人抛弃了。但
我倔强、好读书、有理想。在旧社会，我没有被暴风雪
卷走，我没有像喀秋莎那样走上堕落的路。

王开林　全世界只有一个陈香梅　　　　　　　205

在华盛顿，人人玩弄政治，个个追逐权力，一朝天子一
朝臣，共和党与民主党风水轮流转，唯有保持平常心，
掌握距离感的陈香梅置身其中，经久弥香，最终被大家
敬称为"共和党的女主人"。

《语之可》· 诞生纪　　　　　　　237

赛金花：此生终被风尘误

王鹤

赛金花一生忙个不休，从应接不暇的名妓，到生意兴隆的鸨母，再到深谙世故的老妇，享乐与虚荣都曾有过，说到底却还是苦涩居多。穷愁潦倒之际，逮到机会，当然要回忆往昔珠光宝气的富贵、呼风唤雨的体面，再顺便敷衍点救国救民的大话。

一次次，重张艳帜

曾朴小说《孽海花》第七回"宝玉明珠弹章成艳史，红牙檀板画舫识花魁"这么描摹以赛金花为原型的名妓彩云："面如瓜子，脸若桃花，两条欲蹙不蹙的蛾眉，一双似开非开的凤眼……正是说不尽的体态风流，丰姿绰约。"

赛金花对自己的模样，也相当自负。她晚年跟刘半农等回忆：十几岁时，已出落得俊俏非凡，又天生喜欢涂脂抹粉，穿好衣服。"渐渐苏州城内没有不知道周家巷有个美丽姑娘的了……有时我在门口闲立，抚台、学台们坐着轿子从我跟前过，都向我凝目注视。"

看上去很美吧？可惜，照相术的发明，摧毁了大众对部分美女的想象。人们不会怀疑古时那些绝代佳人是否"沉鱼落雁，闭月羞花"，却会在面对有的相片时略显意外：哦，原来如此……有照片存世、姿色中等的赛金花，便最能引发这种真相大白后的遗憾。

美人的成色，被她的"真容"打了折扣，不过有一点倒是千真万确，赛金花嫁给了状元。旧时的话本、戏剧里，不知有多少花魁与状元喜结良缘的故事，它们将大众对才华、富贵、爱情与香艳的综合向往，巧妙地糅成一团。而赛金花的传奇还可以添上一点：洪钧是自古以来第一个出使西洋的状元，赛金花也就成为风尘女子里当过公使夫人的第一人。

据赛金花自述，她十三岁开始去花船上当清倌人。清倌人通常不卖身，宴席陪坐或弹琴唱曲。不过，赛金花不像别的姑娘自幼经过培训，所以不擅长琵琶、昆腔、小曲之类。不久，她认识丁忧回苏州的状元洪钧，很快于光绪十三年（1887年）正月嫁给他，他原有一妻一妾。赛金花本姓赵，乳名彩云，他给她取名"梦鸾"。洪钧于同治三年（1864年）中举，同治七年（1868年）以一甲一名进士及第，授翰林院修撰。后来仕途通顺，光绪九年（1883年）升内阁学士兼礼部侍郎。

赛金花对刘半农、商鸿逵讲述，她生于 1874 年，当清倌人没几天、虚岁十四就嫁给了洪钧。而瑜寿的《赛金花故事编年》，经多方考证，比较有说服力地认定，赛金花生于 1864 年，这样她出嫁时年龄实为二十三岁；她的花船生涯，也远非三月五月。冒鹤亭在《孽海花闲话》里也很肯定地说：他认识赛金花，先后有二十余年，只得过她一句真话——生于同治三年，也即 1864 年。

1887 年四月，洪钧服满回京，五月被任命为出使俄、德、奥、荷四国公使，赛金花随之赴任。为何不是洪钧的元配夫人而是新纳的小妾陪他去欧洲呢？冒鹤亭将这段故事讲得很有趣——洪钧先假意邀约夫人与之同行，夫人欣然答应。洪钧随后告诉她，按照西洋风俗，公使夫人必须跟外宾握手、接吻。夫人一听，连连摇头道，这个我可是办不到的。洪钧表示为难：各国使臣，都有夫人随行，中国也不能例外的。夫人说，那就让彩云代替我去吧。洪钧等的就是这句话，却又故意迟疑道，彩云去也不合适，外国人哪里有妾呢？夫人于是应允，将自己的朝珠补褂等命妇礼服，在彩云出国期间借给她。

光绪十六年，洪钧偕赛金花从欧洲回国，他出任兵部左侍郎，兼理外交事务，光绪十九年（1893 年）八月病故于北京，终年 54 岁。

《孽海花》的作者曾朴回忆，他在北京做内阁中书时，经常出入洪钧家，常见到赛金花。她绝非国色天香的美人，不过面貌端正而已，但为人落拓，不拘小节，见人极易相熟，有超凡的应酬能力，"眼睛灵活，纵不说话，而眼目中传出像是一种说话的神气。譬如同席吃饭，一桌有十人，赛可以用手，用眼，用口，使十人俱极愉快而满意"。

赛金花当然知道，眼风灵动、眉目传情是自己的强项，很是沾沾自喜："从没有一张相能够把我的眼神传出。"她对自己的职业水准也相当自负，曾对刘半农等说："当姑娘最讲究的是应酬，见了客要有'十八句谈风'。陪客时，处处都要有规矩，哪像现在'打打闹闹'就算完事。"言下，对青楼后辈们的粗疏、简陋做派，很是瞧不上眼。

这样八面玲珑、段位高超的女子，丧夫后对未来当然有另外的期许，哪里可能甘于深宅大院的寂寞、循规蹈矩孤灯孤枕地守寡呢？无论洪家是否愿意留着她，赛金花都会选择重出江湖的。洪钧去世后，赛金花跟洪氏亲属一起扶柩到苏州，经谈判分得财产后，将四岁的女儿德官留在了洪家。她随即前往上海，买了两个姑娘，设书寓于二马路的彦丰里，自己以"赵梦兰"之名，重张艳帜。她有一个遗腹子，不到一岁时夭折。

当时上海勾栏林立，妓院分为书寓、长三、幺二、花烟馆、野鸡等诸多等级，书寓姑娘的色艺、身价最高，不轻易陪宿，陪宿的代价也高，还需事先"摆酒"。"赵梦兰"的不寻常身世不胫而走，慕名求见者络绎不绝，欲一睹状元娘子、公使夫人风采，一时车马盈门，缠头争掷。那些年，赛金花与京剧名角孙菊仙的族侄、票友孙少棠（孙三）同居，后者作为书寓名义上的老板支撑门户。后来，他们将生意做到了天津、北京，在天津开妓院"金花班"，并结识了一些显贵。

1900年八国联军入侵北京时，赛金花的妓院开在石头胡同，她会讲点德语，遂有机会与德军接触并有食、色方面的生意往来。她与德国皇后的合影，一直悬挂在卧榻之前，见过的人很多。

1903 年，赛金花的妓院迁到陕西巷，她买了六七个姑娘接客，生意红火，王孙公子，一挥千金，她每日招财进宝，也恣意花销。不久因"虐婢致死"，赛金花被拘禁于刑部大狱，北京官场有不少人代她求情。次年她被判押送回原籍苏州，虽属从轻发落，经此官司，她已耗尽家财。

闲居一年后，赛金花跑到上海重开妓院，挂牌"京都赛寓"，还附注英文，一些旧相好都来捧场。那两年，恰逢《孽海花》前二十回出版并畅销，第二十一至二十四回也在杂志连载，赛金花的妓院，竟也因此风生水起。小说中嫁给状元金沟（以洪钧作原型）为妾的名妓彩云，聪明美艳又工于心计、风流成性，与仆人阿福和伶人孙三通奸而气死状元。赛金花对《孽海花》的许多描写，尤其是她与阿福私通的情节相当反感，但小说在客观上推波助澜，提高了她的知名度。而冒鹤亭的《孽海花闲话》则证实，阿福确有其人，他离开洪家后，去了当时代理上海知县的袁树勋家。

清朝灭亡前夕，上海花界后起之秀层出不穷，赛金花年龄渐老，及时抽身，嫁给铁路职员曹瑞忠，有资料说他是沪宁铁路的稽查。但曹瑞忠很快病故，赛金花第三次下海。

赛金花的第三任丈夫魏斯炅于民国初期担任过江西财政司长、民政厅长和省参议员，后来因参与反袁被通缉，逃亡日本，经过上海时结识赛金花，后来他曾在新加坡经营橡胶园。1916年赛金花跟他同到北京，住在樱桃斜街。魏斯炅虽然已有妻妾，1918年他与赛金花在上海举行的西式婚礼，颇为隆重，赛金花披婚纱、捧鲜花，挽着胖大的魏斯炅，显得苗条玲珑。婚后她改名魏赵灵飞。

1921年魏斯炅病故，第三次丧夫的赛金花离开魏家，迁到离天桥不远的居仁里，一住十五年，那是老北京平民的聚居区。赛金花去世前，因为多年积欠的房租已达几百元，被房东控告，法院判令她1937年端午节前搬出，她于1936年岁末病故。

陈谷的《赛金花故居迁吊记》详写了她临终的情境：室内炉火不温，赛金花拥着破絮，连连呼冷。欲食藕粉而难以下咽，鸦片烟也无法吸食了。最后陪伴她的是民国初期开始相随的女仆顾妈。

一笔笔，描成传奇

住在居仁里的赛金花，萧条冷寂，老病穷愁。从前的富贵风流、奢华闹热，早已随风散尽。她没有想到的是，日暮途穷之时，竟然又被世人垂青，无数学者、教授、记者等，兴致勃勃跑来听她细说往事。

1932年左右，赛金花被几家报纸发现，旧事一经炒作，明日黄花遂重获瞩目。管翼贤等报人既在经济上资助赛金花，宴请名流时也借她作为招徕。以她为主角的戏曲又一次热闹上演，甚至饭馆开业也请她去捧场面。赛金花很乐意、很配合，一遍遍津津有味地讲述传奇。北大教授刘半农等访问者，都曾接济过她；各界好奇者不时登门，往往也赠以钱物。她和顾妈渐渐养成习惯，接待来客时附带一点物质要求。

刘半农和学生商鸿逵从1933年冬开始采访赛金花，拟为她写传。次年刘半农去世，由商鸿逵完成以第一人称叙事的《赛金花本事》，当年底在北平出版。这本书可算是早期的口述实录。

采访赛金花时，刘半农、商鸿逵很想听她叙述些晚清诸名人的轶闻逸事，然而"她以学识缺乏，当时即未能注意及此，迄今更如过眼云烟，不复记忆矣！甚至提一人，道一事，也不能尽其原委"。

刘半农等约请赛金花口述过十几次，她的欧洲生活，听来也未免平淡，哪有半点《孽海花》里的活色生香？使馆在柏林，她随洪钧去圣彼得堡、伦敦、巴黎等地也待过几天。她除了循例觐见过德皇、德后、俾斯麦首相，其他印象并不深。

19世纪80年代，能够涉足欧洲的国人寥寥无几，赛金花有缘睁眼同洋众世界，机会多么难得。可惜，她在柏林三年，记得清晰的，无非是国内带去的两个女仆不敷使用，又雇了四个年轻的德国女仆，她们比中国仆人体贴、忠实。在使馆里上下楼梯，四个"洋丫鬟"要打着明角宫灯给她带路，这排场一如在国内时。另外，她请了一位受过高等教育的少女当女伴、教德语。

为撰写《赛金花外传》，曾繁也曾去五方杂处的小巷居仁里采访她，门口贴的红纸条上写着"江西魏寓"。

陋室破败凌乱，乍一看赛金花并不显老，体态轻盈，皮肤白皙，操一口流利的吴侬软语，"如画如描的一双宫样眉儿，两只长而灵巧，留有旧日俏皮神态的眼睛……显然她早年是个能言善辩机警圆滑的小妮子……和我娓娓地畅谈往事的时候，盼笑间常常露出自豪自慰的神色"。

穿着破棉布衣、旧绒线鞋的赛金花，记得最牢、最津津乐道的，还是从前的服饰华贵、仪态万方，她回忆柏林生活：

> 那时我是一个花枝儿青春美貌少妇，披着孔雀毛的围巾，穿着二十四条飘带的八幅湘绫裙，每条带都悬住一个小银铃，走起路来银铃叮当地响得雅致有趣，而且还要斯斯文文的小步小步走……欧洲人对我的服装和仪态是向来赞不绝口的。（曾繁《赛金花外传》）

一介烟花，与状元结缘，还随同出洋，赛金花的身世本身有一定的戏剧色彩。而她在光绪庚子年（1900

年）与八国联军主帅瓦德西似是而非的绯闻，以及她在京城陷落时挺身而出维护百姓、促成议和的"义举"，后来则愈传愈神，俨然成了正史。

樊增祥是光绪年间进士，曾任江宁布政使、护理两江总督，擅长诗歌与骈文，姿容俊秀，其歌行体诗尤其冶艳，人称"樊美人"。1899年、1903年，他先后写过《彩云曲》与《后彩云曲》，为人传诵。"瓦赛情事"经樊增祥的长诗渲染，越发有声有色——"徐娘虽老犹风致"的赛金花让瓦德西意乱情迷，他俩同居于仪鸾殿，夜半失火，衣衫凌乱的瓦德西抱着她穿窗而出；那时节，"言战言和纷纭久，乱杀平人及鸡狗"。幸而仰仗"彩言于所欢，稍止淫掠"："彩云一点菩提心，操纵夷獠在纤手。"

赛金花起初对采访者说，自己在德国时并不认识瓦德西。后来又说，他们在德国已相当熟识。据她陈述：德国驻华公使克林德被清军击毙后，他的夫人对清廷提出很多苛刻条件，不依不饶，全权议和大臣李鸿章简直束手无策，亏得自己屡次苦苦相劝，要瓦德西做些让步；她还亲自出马，说服克林德夫人，以给公使竖立牌坊的方式表示道歉，终于使克林德夫人偃旗息鼓。

赛金花曾经正色道，庚子年间虽然与瓦德西每天见面，交情很好，常并辔骑行，或宿于营中，但谨守规矩，从无一语涉及邪淫。后来又坦承，与瓦德西确有一段情缘，在仪鸾殿（即后来的怀仁堂）缠绵了四个月。他要带她回德国，她不愿意，两人依依惜别。

赛金花的叙述，矛盾甚多。开始她只是炫耀，自己为人地生疏的八国联军解决了粮草，在北京城呼风唤雨，王孙公子都来趋奉她，一时门庭若市，轻裘宝马，富贵骄人。到后来，"赛二爷"的形象被塑造得日益高大——她让瓦德西下令安民，整肃军纪，又劝定克林德夫人，促成议和……讲得活灵活现。跨国情事兼救国壮举，被赛金花不断地复述、修饰、添加，细节日益"丰满"。后来竟说，她从德国兵手中，救了一万多名北京人；联军欲将慈禧太后擒来剁成肉酱，也全靠她说情开解。因为调停议和有功，此后还蒙太后召见。

居仁里的逼仄小屋，蛛丝暗织，残灯昏暗，杂物凌乱。那些惊天动地、晶光闪烁的"丰功伟绩"，似乎将陋室都耀亮了。赛金花添枝加叶，报纸、戏曲等推波助澜，大众深信不疑，"妓女救国"的传奇，日益动人心扉：异族铁蹄之下，"三千壮士齐下拜，竟无一个是男儿。独名妓赛金花以一弱女子，凭三寸不烂之舌，使全城百千无辜生灵，免遭涂炭"，"至为悲壮，可歌可泣"；日本侵华后做了汉奸的潘毓桂，当年替赛金花写的碑文，恭维她可"媲美于汉之明妃和戎"；曲江春《赛金花轶事汇录》的前言，将她尊为救黎民于水火的女杰："当八国联军入京之际，清廷两宫仓皇西遁，满朝文武百官，乱窜如丧家之犬，敛迹缩头而不敢露面，一任联军之屠杀劫掠。当此之时，朝野寂焉无人，独有赛金花者以一弱女子，挺身而出，周旋于联军统帅瓦德西及各重要首领之间，诱以情，导以理，动以仁，律以纪，卒使联军就范，而燕市百万之民，乃得卸去惊愕之容，重登衽席。于是赛二爷之名，亦被歌颂九城矣。"（人民大学出版社 2006 年 5 月版《赛金花本事》151 页）

赛金花真的有偌大能耐，拯救黎民与社稷？

萝蕙草堂主人的《梅楞章京笔记》回忆，八国联军侵占北京时，厦门海关三等帮办葛麟德在为德国人当翻译，他嗜好很多，喜欢到赛金花的妓院吸鸦片，因此，石头胡同的其他妓院遇到德军侵扰，都请赛金花转求葛麟德，代为疏通、维护。有时确能奏效，所以他们对赛金花不乏感激。

该书还记叙：丁士源等常去赛金花处应酬，有一天赛金花对葛麟德说，葛大人，上次求你带我游览南海，你答应了却一直没有兑现。葛麟德说，瓦德西大帅在南海紫光阁办公，军令森严，我辈小翻译不能带妇女入内。葛转而询问丁士源：阁下数次拜谒瓦帅，或许能带她进去参观？丁士源对赛金花说，那得让我看看你着男装有无漏洞。赛金花一听，赶紧洗脂粉，梳辫子，穿上金丝绒马褂，头戴皮帽，小脚上裹绒布，再外套靴子一双，装扮完毕，似乎没有破绽。

次日十点一起骑马前往，赛金花假充丁士源的随从。至景山、团城，守门的美国、法国兵分别准许他们通行。经过北海与中海分界处的金鳌玉蝀桥时，赛金花情不自禁大呼一声："好景致，好看！"丁士源连忙让她噤声。到了南海大门，告以要拜谒瓦德西，德国守兵说他已经外出，四人无奈返回。这番经历，被钟广生和沈荩听得，加油添醋写成稿件，寄给上海的《新闻报》和李伯元（《官场现形记》作者）主笔的《游戏报》，"谓赛金花被招入紫光阁，与瓦德西元帅如何如何，说成活现逼真……妄人又构《孽海花》一书，蜚语伤人，以讹传讹，实不值识者一笑"。

后来与梅兰芳密切合作的剧作家、戏曲理论家齐如山，年轻时进入同文馆学习德文等，庚子事变后曾辍学经商，恰好与赛金花接触较多。齐如山的《关于赛金花》回忆，当时的确见过赛金花跟德国军官一同出入，不过都是中尉、少尉之类下级军官。赛金花知道他懂德语，待他很殷勤，意欲请他帮忙拉德军的生意——去她的妓院喝一次茶八元钱，过夜二十元，外加一点赏费。齐如山有一天去中南海，见赛金花与两个军官在紫光阁里，恰逢瓦德西远远走来，那两个军官面露仓皇神色。齐如山出去与瓦德西交谈了几句，后者离去。还有一次，赛金花与另外两个军官在瀛台，遥见瓦德西与站岗士兵交谈，两个军官怕他过来，骤然紧张起来，赛金花同样不敢露面。

齐如山还曾在前门大街遇到与德军骑马同行的赛金花，她手指前方说："这都是我们的占领区！""我们"

一词，让在场的中国人觉得刺耳，两个德国军官也互递眼色，做了一个鬼脸。

另一次，赛金花跟人合伙，卖给德军的二十吨土豆出了纰漏，请齐如山帮忙交涉。她跟他说话尤其透着亲昵、娇嗔，眼风顺势就抛出来了，后来还要送钱感谢他。齐如山因此知道，赛金花的德语不敷使用，水平有限，她在德国人那里也远非后来标榜的那么呼风唤雨，更别说与瓦德西谈论国事了；她有求于人时，那股又热络又轻佻的风度，依然是青楼本色，哪来丝毫"公使夫人"的端庄？

暮年赛金花，像一件前朝旧物，被世人从尘灰里扒拉出来，重见天日，但终究已经破败。赛金花深知机不可失，为着衣食之需，顺水推舟编故事，铆足了劲吸引眼球。"护国娘娘"的神话，在20世纪30年代日本威逼中国的背景下，既暗合民间对超凡力量的幻想，又为知识界批评当局御辱不力，提供了素材。所以，左翼文人夏衍的话剧剧本《赛金花》一发表，就被誉为"国防文学之力作"。

著名小说家张恨水在《赛金花参与的一个茶会》一

文里，转述朋友马君的印象：赛金花微抹脂粉，青缎旗袍的袖口式样，老早就不流行了。她当然张口就讲道，从前跟洪状元到欧洲，什么繁华没有经过？又说起瓦德西……却也不掩饰当下的窘境——维持一主一仆的衣食都艰难。赛金花带来的娘姨，面色憔悴，衣衫黯淡，"手上捧了两个未切开的面包，紧紧抱着，总不肯放下……她一定是要把这面包带回去，当她们主仆一顿餐饭"。

民国初期上海舞台流行的"文明戏"，已经演过"状元夫人"。后来，赛金花一再成为戏曲的主角。她对刘半农等讲述时，有诸多掩饰、回避，有句话倒是说得真切："他们把我都当作花旦。但是，唉，赛金花是个苦命的人，毕生流离颠沛，应该是个青衣。"

赛金花的三任丈夫都待她不薄，可惜他们纷纷早逝，她的三次婚姻都很短暂。暮年的孤凄，既因造化弄人，跟她不安于室的天性也有关联。赛金花在欢场上练就八面玲珑的手腕和操纵男人的诸般武艺，有灵机应变的聪敏，谋生存、求富贵的能耐并不缺乏。只是，年少时就堕入花船，早早陷进泥淖，使她一生都未洗掉庸脂俗粉的浑浊、腻味。虽然也曾跻身士大夫圈子，赛金花却没能像柳如是、李香君那般，沉浸艺文，涤尽风尘气息，以才华、志节、见识秀出群芳。

赛金花充满原始的、热气腾腾的生命力，擅长俚俗的、物质层面的生活技巧。她一生忙个不休，从应接不暇的名妓，到生意兴隆的鸨母，再到深谙世故的老妇，享乐与虚荣都曾有过，说到底却还是苦涩居多。穷愁潦倒之际，逮到机会，当然要回忆往昔珠光宝气的富贵、呼风唤雨的体面，再顺便敷衍点救国救民的大话。

鲁迅为什么远离胡适

孙郁

鲁迅疏远胡适重要的原因，是在知识分子角色的理解上有很大不同。前者要远离利害，那结果是不与权力者合作。后者则认为，要建立民主、自由制度，空而论道殊为可笑，不妨加入政府或帮助政府做事，所谓"好政府主义"的主张就是这样来的。

鲁迅与胡适在中国大陆是很热的人物。可惜两人的遗产被划在不同营垒里，左派视鲁夫子为精神的先驱，自由主义则认为他们在沿着胡适之路寻找未来。这其实是单值思维之见。鲁迅与胡适的关系，不像人们形容的那么可怕。细细分析，他们确有不少交叉的地方。了解了他们的相似处，才知道他们分道扬镳的原因。

在新文化运动初期，鲁迅与胡适的许多观点惊人地相似。比如对白话文的态度，对儒学的理解，对人道主义艺术的思考，都有逻辑的相似性。胡适的《尝试集》，鲁迅的《呐喊》《彷徨》，都是开创新风之作，且白话文的使用都颇为自如，与旧的士大夫的遗产颇为隔膜了。在他们之后，文学与学术，都与晚清学人有了界限，剔去了陈腐的东西，融入了西洋的鲜活的思想。此后中国文学有了新的元素，新文学以不可阻挡之势前行着。就贡献而言，他们都是彪炳史册的人物。

鲁迅留学日本，读了尼采之书，且受托尔斯泰、陀思妥耶夫斯基诸人影响，思想有两种对立的元素并存。一是人道的思想，科学的理念。这些是讲究确切性、绝对性的。其立人的理念就在这个层面上建立起来的。但另一方面，尼采、克尔恺郭尔、陀思妥耶夫斯基的传统，使他的认识论带有了非确切性、反本质主义的色调。这主要反映在文学文本的深层结构中。新文化运动初期，在与保守群落论战的时候，鲁迅与胡适站在一起，用的也是绝对化的话语方式。进化论、改革的思路，都是一种本质主义思想的外化。新文学的建立，没有这样的意识是不行的。在这方面，胡适的基本理论框架和理性模型，颇为完整，也最有特色。说他是领军人物，确实实至名归。

如果不是因为政治原因和复杂的社会环境，他们的差异可能只在审美的层面上。后来的情况不以任何人的意志为转移，鲁迅与胡适渐行渐远，为文化群落的分裂各助其力，无意中改变了历史的地图。

众所周知，鲁迅是章太炎的学生，章门弟子，多有狂士之风。在学问上，有六朝的味道，方法上则延续了清人的朴学传统。就是说，在学理上求精求深之余，趣味上有反士大夫的痕迹。章太炎写文章，词语不同于常人，陌生化的表达里蕴含着反流行的思想。他们多为文章家。文章家，旧式的以桐城派为主，把思维变窄了。章门弟子是反桐城派的，往往走险境，不想在旧路徘徊。或者说，文章之道在另一个层面上，没有重复以往的滥调。在审美上，喜欢李贺、李商隐一类的人物。可是胡适中规中矩，他虽然也远离桐城旧气，但在气韵上除了一泓清水的陈述外，跌宕起伏之音寥寥，章门弟子就看不上他了，以为缺少味道。而学术又不同佛学、禅宗等等，私下有些讥语——门户的事情，和真理可能很远，我们且不说它。

看鲁迅和胡适在《新青年》《语丝》上发表的文章，格局与气象之别是明显的。一个不太正经，一个过于正经。《狂人日记》把时空颠倒成混沌无序之所，灰暗的背景里流出的却是最本真的东西。而胡适的《婚姻大事》《差不多先生传》，系正面的透视，理性清晰得似线条，繁而不乱。前者像天外来客，系超人方有的文本；后者则是儒者之声，乃万变不离其宗的思想者的独白。

胡适作品背后有自己的启蒙理念。作为一个文化的审视者，他对审视者自身是不太怀疑的，因为觉得自己找到了人间的方向感。但鲁迅以为，自己是一个黑暗里的人，还没有看见未来之路。即便后来同情苏联，迷惘的意识照例挥之不去。就是说，对待自己是苛刻的。他瞧不起那个时期的学者、作家，认为他们没有清算自己的污浊的精神余绪，把自我的有限性里包含的问题遮掩了。从欧美留学回来的人，多有这样的问题，鲁迅将那些人的绅士气与士大夫气的东西是同样对待的。

《新青年》同人对彼此的审美差异还是能够理解、包容的。但他们后来的分歧与政治因素的出现有关。鲁迅疏远胡适重要的原因，是在知识分子角色的理解上有很大不同。前者要远离利害，那结果是不与权力者合作。后者则认为，要建立民主、自由制度，空而论道殊为可笑，不妨加入政府或帮助政府做事，所谓"好政府主义"的主张就是这样来的。鲁迅讥笑胡适与政府的暧昧关系，自有其道理。但社会进化也少不了胡适这类人。好在胡适还能进退自由，基本保持了人格的独立。在这个意义上说，他们只是择术不同罢了。

胡适对自己的学术要求和做人要求都很高，不仅有西方的标准，清代乾嘉学派的套路也有。许多人以现代孔夫子来喻之，多少有一点道理。我们在他文本里感受到儒家中正之道，趣味里是古中国最为核心的东西。鲁迅面对己身则有拷问的意味，不断审视内心，并渴望旧我的消失。他认为自己有两种东西是不好的：一是旧文人气，士大夫的遗风残存在躯体里。这弊端在于留恋某些自我的东西，易出现以我为中心的自欺；二是受西方个人主义影响，黑暗的体验无法排除。他很想消除这些痼疾，却不得其法，于是有大的悲凉袭来，有挥之不去的苦楚。所以，与其说他面对的是社会问题，不如说是在直视自己的问题。胡适没有这种自虐式的审视，心绪易在理性的安慰里平复。鲁迅对己严，无意中对人易见苛刻，他对胡适不改其道的怡然自乐，有误读也有中肯的评价。怡然自乐，就可能自恋，因此鲁迅对于胡适记日记的卖弄、做学术领袖的专心致志都不以为然。

胡适大胆的怀疑，小心的求证，乃科学研究的题中应有之义，鲁迅作《中国小说史略》，未尝不是如此。但鲁迅神往的是精神的自我历险，希望在不规则之旅中抵达精神的高地。这就与陀思妥耶夫斯基、克尔恺郭尔相遇了。这个存在哲学的话题，胡适几乎一无所知，或者说不感兴趣。在作家中，胡适喜欢白居易、易卜生、托尔斯泰，因为这些人是确切性的、一看即明的存在，世界也在一个能够掌控的图式里。与之相反，鲁迅认为人的精神有无限种可能，那些看似不存在的思想与精神隐含，恰恰可能左右这个世界。隐去的幽微的存在，只能以超逻辑的思维捕捉，否则将擦肩而过。鲁迅善于以不正经的方式嘲笑、揶揄自己和别人，胡适自然也成了其笔下的对象。

还有一个因素不能不提。晚年的鲁迅思想靠近苏俄，胡适则一直在美国文明中游动。前者在俄苏文化里浸泡，观点自然偏左。后者以美国为师，避免社会暴力冲动，无法与鲁迅为伍则是自然之事。20世纪30年代后，左翼的旗手乃鲁迅，自由主义的代表是胡适。他们所思所想，各有自己的道理，其实也暗示着这样一种可能：中国的道路，是有不同的路向的。

俄罗斯文学是宗教深处流出的声音，本身有斯拉夫文化的痛感之音，明暗飘忽不定里，有坚韧的东西。那些最美的诗文差不多都是在嘈杂、血色里喷射出来的。中国的社会环境与俄国某些地方很像，压抑、单调、毁灭之意多多，只有穿越其间者，方有亮光的闪动。鲁迅是这样的穿越者，自己遍体鳞伤，样子是斗士型的，不免有地狱里的鬼气。胡适乃美国现代实验主义的信徒，希望在清晰的地图里，规划前行的路。他在对西方思想的译介过程中，保持的是儒者的安宁与朴素，是一个远远观照病态社会的清醒的审视者。他拒绝血腥、呐喊，把美国制度作为楷模，以理性之思处理文化难题与社会难题，这在那时候的中国不是能够人人理解的，而操作起来之难也可想而知。

在今天的中国有一个有趣的现象：学术界自由思想者的许多研究理路是从美国来的，而自由精神浓厚的作家喜欢的依然是陀思妥耶夫斯基、茨维塔耶娃、曼德尔斯塔姆、索尔仁尼琴、纳博科夫。这可以证明历史母题的延续性。在摄取域外文化的历程里，俄国的魅力不减。他们的忧伤、绝望而带着期待的目光，依然可以点燃困苦里挣扎的人们。一个非常态的社会，是不能够以美国的理性之尺简单测量的。乱世与嘈杂之世，陀思妥耶夫斯基的经验便更为有效。我们在当代阎连科、余华的小说里，感受到的一个事实是，在思想上欣赏美国式民主的两位作家，他们的表达却难以摆脱陀思妥耶夫斯基魔影的纠缠，往往在俄罗斯的忧患无序的时空中思考。同时，他们也成了鲁迅思想的继承者。

我觉得胡适与鲁迅系文化生态的两翼，有点像托尔斯泰与陀思妥耶夫斯基之间的差异。胡适与托尔斯泰都在可视层面操作自己的选择，朗然于尘世之间，显示圣洁之思。鲁迅与陀思妥耶夫斯基系生命与存在的残酷审判者，在幽暗和污浊里荡起涟漪，以非确切性与相对性系着可怜的人间世。当然，两国的作家是没有可比性，胡适自然也无托尔斯泰的伟岸与宏大，鲁迅亦无陀思妥耶夫斯基的无调式的跳跃和惊世的咏叹。但他们都丰富了文学与文明之路。我们现在谈现代文化的流脉，是不能把他们割裂开来的。

民国的文化生态其实很脆弱，民间的声音不大，台阁间的文化积累又多不足。鲁迅以在野的方式去培育文学，弄翻译，做出版，搞创作，在缝隙里觅出路来。胡适从大学的顶层设计做起，把影响辐射到政府和知识阶层。胡适知道野性存在的重要，但更顾及江山社稷之业，遂以民间身份参政议政，在政治中不忘民间的价值。但因为不得不与蒋介石应酬，思路就难免有非民间的因素，闻人的表演自不能免。他自己虽保持立场不变，但方式就与传统文人有了重叠的地方。外人未必看到苦衷，遭到鲁迅的讽刺是必然的。鲁迅在破中立，胡适在立中破。鲁迅悲苦、怨毒，峻急里有寒光闪闪；胡适在曲中有直，以改良的方式温和地告别旧路。前者选择的结果是革命，而后者的归宿乃改良、劝善。革命要大的磨难，历辛苦，受摧残，得烦恼；改良则是苦口婆心，屈尊俯首，如履薄冰。这都是大难之事。做不到这两点的如周作人，不幸落水，成了民族罪人；钱玄同、刘半农只能在象牙塔里无声地叹息。不过鲁迅所理解的革命与胡适不同，非斯大林主义者也。而胡适的改良被鲁迅视为奴性之举，其实也未必搔到痒处。他们的不同，自己不能说清，我们这些后人要在理解的同时，替他们找到内在的原因。所以，我觉得鲁迅与胡适，在危难的时代，各自担当起民族重任，实乃良知的两种表现。我们现在纪念五四的前辈，对此不能不重新审视，将之看成现代文化的一种共振。在共振里，中心地带是宁静者的时候居多，而边缘之所则有撕裂式的痉挛，有久久的回音。现代文化如果没有这两类人，我们的文学与学术将多么单调。

当代研究鲁迅、胡适的人，彼此不太接触，隔膜的地方导致了双方的对立。其实，把他们割裂起来，就简化了存在的丰富性。五四那代人，他们焦虑地去思考解决着人的解放的问题，肯于牺牲自我。他们既整理国故，又译介域外作品。在古老的文化遗风中拓出新地，终于让现代性的艺术破土而出，实在是功德无量的事情。问题在于那路途如何去走。鲁迅选择了战士的路，胡适则在保持人格独立的基础上，做政府的诤友。这两个选择，其实都很难，都要做常人难忍之事。鲁迅冒风险而解救他人于苦海，自己则孤苦无援。胡适以学问的姿态和良知的表达，规劝蒋氏王朝改邪归正，自己则成了不受欢迎的异己者。他们的气量与胸怀，今人不易做到。研究他们的人，不学其人生境界，囿于恩怨、仇爱，与两位先贤比，我们的许多学者，境界不如他们不说，就智慧的走向而言，也没有他们的广博与深邃。

我个人觉得，我们今天面对鲁迅与胡适，应得其文学、学术的真髓而用之。我曾经引用高远东的话说，鲁迅是药，胡适是饭。这些都是不可或缺的。诊病者的话有苦味，但句句切中要害，不能不听。百姓要生存，寻常米饭更是须臾不能离开。可惜，在战乱的时代，这两种人对话的可能性被战火、死亡所阻，鲁迅、胡适的传统成了对立的存在。我们这些后人，今天瞭望他们，尘雾已经消散，矗立在我们面前的是他们的整体性的时代精神版图。这成了我们民族记忆紧密相关的遗存。许多年前我说过，在我们精神的地理上，既要有高山，也应有湖泊。有大漠惊沙，亦要有无际的绿洲。这些都是生态的一部分。今天，我依然这样看，丝毫没有什么变化。自然，他们的遗产也有诸多暗点和瑕疵，我们可能会挑出无数遗憾的所在。可是总体而言，这两位思想者与先驱者，为我们奠定了现代文明的基石，许多基本文化元素都刻在他们的文本里。我们现在考虑中国问题，有时就不得不回到他们的原点上去，面对鲁迅、胡适所面临的问题。这是我们的悲哀，也是我们的荣幸。在苦苦的跋涉里，有他们陪伴，我们不再孤独。

杜月笙：帮派优则仕

余世存

杜月笙在底层混过，自然知道下层人的艰难，老百姓如求到他头上，他总是让人如愿解决。在这方面，他几乎是司马迁笔下的"游侠"。他对来客几乎就是三句话："你的事体我晓得了。""我会替你办好。""好。再会。"

在一个专制等级森严的社会，个人很难有什么大的发展，血统、门第是个人发展的前提。从"龙生龙凤生凤，老鼠生儿会打洞"，到现代的"老子英雄儿好汉，老子反动儿坏蛋"，血统一直是我们的宿命。民主自由的社会因此骄傲自己的国民可以由农夫位至总统，而怜悯专制社会的子民不得自由。但实际上，专制社会也有天大的缝隙改变人的命运。"朝为田舍郎，暮登天子堂"的故事在我们的历史中比比皆是，由底层、赤贫、下贱而跃居上流社会的现象更由"飞黄腾达""一步登天""平步青云"一类的成语概括了。胥吏、落魄文人、和尚、军官、农家女、商贾等等一跃而获豪门富贵，获王权、君权、皇权、神权等权力巅峰的案例不可胜数。这是我们文明的奇迹，也是我们文明的变异。

在我国现代史上那样"混乱的自由"里奋斗的人

物中，杜月笙是较有代表性的一个。杜出生于江苏川沙（今属上海市浦东新区）高桥南杜家宅，不到四岁，父母先后去世。14岁时，他到上海某水果行当学徒。他的打工生涯是卑贱、辛酸而堕落的，这种打工生活极容易让人苟且认命。但杜不苟且，他有付出，比如他做事认真，削水果很在行，一时获得"莱阳梨"的称号。他更有出人头地的愿望，他跟王阿国等人一起，既体验到底层打工的艰难，又学会了光棍自作自受、朋友义气等不少江湖中的生活。他有小钱会跟朋友分享，有巨款也会想起朋友，甚至在朋友中间散尽。为求上进，他拜青帮陈世昌为老头子。由于陈世昌等人的关系，杜月笙获得机会进入黄金荣公馆。

杜的机灵可意，很快获得黄金荣的赏识。黄是当时法租界的华探头目、黑社会头面人物，其名号在当时的小混混之中如雷贯耳，是他们梦想的靠山。杜在众多的小混混中一跃成为黄的亲信，可见锥处囊中，脱颖而出，也必得在打工生活中把自己锻造成为锥才是，有能力、有理想，有豪杰相照相惜的意志。在这方面，杜比他众多的师兄弟甚至师父一辈的人都更具备条件。他没有白白地打工，他的学徒生活足够丰富，准备也足够充分。故一旦进入黄金荣的视野，他就能够迅速地摆脱下三滥时代的毛病，而努力学习着新生活和新规矩。由黄金荣的佣差上升为鸦片提运，因为善于纠合同伙，勾结军阀，杜月笙成为在鸦片提运中最有势力的一个。他的羽毛丰满，使他迅速地跟黄金荣平起平坐，他也出色地完成了跟黄金荣这种辈分、地位上的转换，黄金荣由他的老板、师父变成了他的"金荣哥"。1925 年，杜月笙37 岁，他在租界与军阀当局庇护下，成立"三鑫公司"，垄断法租界鸦片提运，成为与黄金荣、张啸林并称的"上海三大亨"之一。同年，担任法租界商会总联合会主席，兼纳税华人会监察。

杜月笙的格局远非黄金荣们那样"一入黑道，便无足观"，他的义气、苦出身让他成为青帮中的革命性人物，他最大可能地完成了对青帮的改造。他改变原来沿用的青帮收门徒仪式，将开香堂改为点香烛，磕头改为三鞠躬，徒弟改称"学生子"，杜月笙本人则由"老头子"改称"老夫子"或"先生"，写有三代简历的拜师帖改为门生帖，拜师帖上"一祖流传，万世千秋，水往东流，永不回头"的套语，简化为"永遵训海"。研究者认为，杜月笙的帮派是"在特殊时期形成的特殊的社会势力阶层，已经褪去了身上浓重的宗法色彩，变得与西方社会的生存法则和游戏规则更加接近"。"黄金荣贪财，张啸林善打，杜月笙会做人"是当时人的定论。不管"做人"如何低俗，杜月笙确实把做人做到了某种极致，他善于协调黑社会各派势力之间的关系，善于处理与各派军阀之间的关系。他善敛财，会散财，他通过贩卖鸦片、开设赌台等活动，聚敛钱财，然后，又以这些不义之财笼络社会上各种人物，从政治要人、文人墨客到帮会骨干，无所不有。也因此，在当时的下层社会才会流传这样一句话："要像杜先生那样做人。"

杜月笙善待过下台总统黎元洪，黎元洪的秘书长特撰一副对联："春申门下三千客，小杜城南五尺天。"杜因此被人称为"当代春申君"。他在底层混过，自然知道下层人的艰难，老百姓如求到他头上，他总是让人如愿解决。在这方面，他几乎是司马迁笔下的"游侠"。他对来客几乎就是三句话："你的事体我晓得了。""我会替你办好。""好。再会。"他坚持做公益慈善活动，持续多年购买预防传染病的药水，送到浦东老家，按户免费发放。每逢上海及附近地区发生灾害，他必定出面组织赈济。他还维护工人利益，出面调解劳资纠纷，哪怕由自己负担费用。

杜月笙革新了衣着，他一改传统帮派中那种身着短打、手戴戒指、卷袖开怀的打扮，而是四季身着长衫，给人一种温文尔雅的形象。他因此结交了大批的朋友，遍及新闻界、知识界、政界。名律师秦联奎到他的赌场输了四千大洋，他知道后说："当律师的靠摇笔杆、用心血、费口舌为生，没有多少钱好赚，我不能赢他的钱。"秦因此成为他的座上宾。以此种手段，章太炎、章士钊、杨度、江一平、郑毓秀、陈群、杨云史、杨千里等人都跟他"平生风义兼师友"（**章太炎语**）。有"联圣"之称的方地山送给他两副对联，其中之一是："自笑酒酣时喝月，相携花下坐吹笙。"

1927年4月，杜月笙与黄金荣、张啸林组织中华共进会。4月11日晚，他设计骗杀了上海工人运动领袖、同为青帮中人辈分高他一辈的汪寿华，随后又指使流氓镇压工人纠察队。杜月笙因此获得了蒋介石的支持。南京政府成立后，他担任陆海空总司令部顾问、军事委员会少将参议和行政院参议。同年9月，任法租界公董局临时华董顾问。1929年任公董局华董，这是华人在法租界最高的位置。他因此被人称为"上海最有势力的人""三百年帮会第一人""上海皇帝"。有一年陈光甫的商储银行遭挤提，陈无奈之中向国民政府财政次长钱新之求助，钱新之的解决之道是："你去华格臬路找杜月笙，就说我请他出面帮个忙。"当天晚上，陈光甫来到杜月笙府上，杜月笙对陈光甫只说了一句："明早在开门之前，在商储见。"到了次日上午，商储门口突然来了一队小汽车，为首的一辆牌号是"7777"。这是上海人人皆知的杜月笙之车。杜月笙跨出车门，申报存款三百万元。见此状况，如潮挤兑的客户顷刻作鸟兽散。杜月笙只需亮个相，一场金融灾难便平息下来，这令现代金融巨子陈光甫惊叹不已。

1930年起，杜月笙在家乡买地五十亩，大兴土木，起造杜家祠堂。1931年6月8日至10日，举行家祀落成典礼和"奉主入祠"典礼。仪仗队有五千人之众，自法租界杜公馆出发，长达数里，巡捕开道，鼓乐震天。

杜祠开酒席三日，每日千桌。包括蒋介石、张学良、何应钦、王宠惠、孔祥熙、段祺瑞、吴佩孚、于右任、班禅额尔德尼、淞沪警备司令熊式辉、上海市市长张群等在内的党国要人都送了匾额。排场之大，靡费之巨，极一时之盛。章太炎更以国学大师身份为之写下《高桥杜氏祠堂记》："杜之先出于帝尧，夏时有刘累，及周封于杜，为杜伯……其八祖皆御史大夫。"

1932 年，杜月笙开始组织恒社，1933 年 2 月 25 日，举行开幕典礼。杜月笙自任名誉理事长。社名取"如月之恒"的典故，以"进德修业，崇道尚义，互信互助，服务社会，效忠国家"为宗旨。从青帮到恒社，说明杜月笙开始有意识地把帮会向现代社团组织改进。恒社初成立时，有一百三十余人，到 1937 年达五百二十余人，社会各界人士加入，使恒社真正成为有代表性的民间团体。学者邵雍的研究结论是："他在 30 年代，已经逐步摆脱了帮会生意，转做正经生意，大量投资于工商业和金融业，比较著名的有浦东商业储备银行、中汇银行、大达轮船公司、长城唱片公司等，经济利益已经和日本人有所冲突了。这也是他在 30 年代一直大力提倡用国货的原因，当然也符合中华民族的利益。"

1937年，抗战爆发，杜月笙更加忙碌起来，"他是个爱面子讲义气的人，喜欢说'闲话一句'，表示自己能力超强。加上蒋介石看得起他，他就更卖力了"。杜月笙参加了上海各界抗敌后援会，任主席团成员，兼筹募委员会主任。8月19日，他在报纸上发表征募救国捐和金银物品的告示，仅月余时间他主持的募集会就募集到了救国捐150万元，对抗战帮助很大。他的名言是："从'九一八'到现在，这七年间，备受敌人的压迫，我们常常卧薪尝胆地刻苦自励，同时期待着世界的公论。"但是现在"我们绝不能依赖人家帮忙，救国完全要靠我们自己的力量"。杜自担任上海商界劝募队副队长以来，利用自己上上下下的影响力，让上海共认购了救国公债7500万元，占全部发行量的六分之一。"他有当时国民政府都没有的广泛的对社会各阶层的影响力，而且肯出力。像黄金荣就贪财，只拿进不拿出，做不到像他这样。"10月，他除了募集棉衣，还应八路军驻沪代表潘汉年的要求，个人向晋北前线的八路军捐献了荷兰进口的防毒面具一千套；他也花万余元购买了装甲汽车捐献给了右翼军司令张发奎。他参与劳军活动，筹集大量毛巾、香烟、罐头食品，送到抗敌后支援会。他的国家意识是至诚强烈的。

上海沦陷后，杜月笙拒绝日本人的拉拢，于1937年11月迁居香港。去香港前，杜购买了大量《西行漫记》《鲁迅全集》等书籍捐献上海租界内的图书馆。在香港，他利用帮会的关系，继续活动。他担任中国红十字会副会长、赈济委员会常务委员和上海党政统一工作委员会主任委员，从事情报、策划暗杀汉奸等活动。其中最著名的是，他在上海的门徒协助军统特务刀劈了大汉奸、伪上海市市长傅筱庵。1940年他组织人民行动委员会，这是在国民党支持下的中国各帮会的联合机构，杜月笙为主要负责人，由此实际上成为中国帮会之总龙头。

1941年12月太平洋战争爆发以后，杜月笙迁居重庆，建立恒社总社，向大后方发展势力。他组织中华贸易信托公司、通济公司等，与沦陷区交换物资。抗战时期，大后方物资奇缺，国民政府的车队通过滇缅公路运输物资，被当地袍哥、黑社会势力一抢而空。但是，只要杜月笙一声招呼，他的车队绝对畅通无阻。杜在香港、重庆之间来回奔波，患上了哮喘病。

抗日战争胜利以后，杜月笙于1945年9月初返回上海，重张新帜。由于租界被收回，传统帮会的作用大大减弱了，取而代之的是城市管理和现代社会秩序。杜月笙既然在各类社会组织中如鱼得水，要继续发展，那么似乎只有从政一途了。帮而优则仕，似乎是中国人的通例。杜月笙大概不明白帮派优可组党、可组社，即使明白，他也没有对帮派进行"二次革命"的意志力了，他要离开帮派，进入真正的上层社会，进入国民政府。何况，非政府组织、民间帮派再强也强不过强权政府，帮派再体面优越也优越不过强权体制。杜月笙虽然平易近人做到了极致、游侠尚义做到了极致、光宗耀祖做到了极致，但还没有尝到强权体制的滋味。他很想尝一尝，于是就尝到了来自蒋介石和国民政府的打压滋味。

杜月笙想做上海市市长，为此还送戴笠一栋洋楼希望得到他的帮忙。他的社会贡献足够多了。如今抗战胜利，杜月笙想蒋介石理应给他一碗好饭吃，当时上海坊间也确实传说他即将被任命为上海市市长。蒋介石却是一心要把杜月笙代表的帮会势力打压下去。蒋对内甚至明确训示：对帮会的基本政策是取缔。杜月笙盼望的好事没有出现，就有坏消息传来，上海市市长一职由钱大均出任，没有他的份儿。这个昔日上海最有势力的人还未到上海，上海北站已出现大字标语："打倒社会恶势力！""杜月笙是恶势力的代表！""打倒杜月笙！"惊惶之下，杜月笙临时决定改在南站下车。下车时冷冷清清，没有一名政要迎接。

这个一心向党国靠拢的帮派第一人被政府敲打后，无心经营帮会。昔日风光不再，他疲于应付，勉力支撑龙头老大的局面。历史学家对历史假设万千种结果，却从未假设出杜月笙们组党问鼎会对抗战后的国共对决局面产生什么影响。杜月笙的名言是："蒋介石把他当夜壶，用的时候拿出来，不用的时候扔到床底下。"这说明，杜月笙在求仕无望之际，仍回到了帮派角色，他不可能挺起腰杆对权势、对国民说明他的爱国情感和功绩，也不可能说明他想洗心革面，他曾经对帮会进行过革命，他还想再革命一次。但黑帮身份让杜月笙抬不起头、直不起腰，他没有希望晋身政权中去，他还是要寄身于政权势力的。

1946 年 12 月，上海参议会选举议长，杜月笙准备在此选举中出一口气，他的想法是当选议长再请辞，为此写了一封很长的辞职演说。但在选举中，国民党安排的选票出现了大量的白票，杜月笙虽仍以最高票当选议长，但国民党的侮辱或不支持都是那么明显，以至于杜失去了陪玩的心志，他当选后没有念事先准备的演讲稿，而是吞吞吐吐地以病请辞。自此以后，他就再也没有主动跟政界交道了。他埋头于向工商、金融、交通、文化、教育、新闻等各业中发展势力，担任各种各样的董事长、会长、常务董事、校董达六七十个。

到国共分出胜负，杜月笙只有亡命香港。虽然陈毅入主上海的首要大事就是给杜月笙等人写信，请他们回上海，但杜月笙既无"二次革命"的勇气，自然也无仆于二主的想法。这个自己打出一片天下的贫家子弟，晚年流落香港，其处境完全可用"贫病交加"来形容，他坐吃山空，而无数在上海、香港等地的徒子徒孙和家属需要他救济，他的病也时好时坏。在此非常时期，人生大义跟生活自由的细节非常充分地结合在一起了。

1951 年杜月笙死于香港，他的财产只有 12 万美元，供一大家人继承。

沈从文和巴金的青春往事

周立民

　　沈从文不通外文，这些英译名著，是托巴金选购的。尽管如此，我总觉得沈从文所托非人，当时，巴金连女朋友都没有，也没有谈恋爱的经验，沈从文托巴金给女友选购礼品，选购的居然是这么一大堆书，也只有这两个书呆子能想得出来。张兆和觉得礼太重，退了大部分书，只收下《父与子》《猎人日记》和契诃夫小说集。

1988 年 5 月，巴金的心情十分沉重。当月 10 日，沈从文在北京离世，接到沈夫人张兆和的电报后，巴金不相信这是事实，他仿佛仍在与沈从文聊天、辩论，沈从文温和的笑容总是浮现在眼前，那些青年时代的美好记忆历历如昨。隔了一天，他才发出回电：

　　病中惊悉从文逝世，十分悲痛。文艺界失去一位杰出的作家，我失去一位正直善良的朋友，他留下的精神财富不会消失。我们三十、四十年代相聚的情景还历历在目。小林因事赴京，她将代我在亡友灵前敬献花圈，表达我感激之情。我永远忘不了你们一家。请保重。

话语平淡，泪水和悲痛都埋在心底。第二个月，他接到张兆和的回信：

巴金兄：

从文此次猝然离去，为我们初料所不及。因为自去冬以来，情况一直很好，想不到他走得那样快！

您的唁电 5.13 日收到，嗣后又由小林代表您参加从文遗体告别，衷心感谢，无以复加。您在唁电中提起五十多年前旧事，使我想起您同从文之间非同一般的友谊，你们各自不同的不幸遭遇，心潮起伏，千言万语，不知从何说起。

从文去了。他走得非常平静。小林亲眼看到，火化前，他像熟睡一般，非常平静。看样子他明白自己，一生在大风大浪中已尽了自己应尽的责任，清清白白，无愧于心。

死者已矣。我衷心盼望您，还有冰心先生，还有平伯先生好自珍摄。您已经给的太多，倾尽毕生心血，对得起这个国家和人民。

这一点仿佛是庸俗之见，想来也是众多尊敬
您、崇拜您、爱护您的骨肉亲朋和国内外广大
读者的愿望。希千万为大家保重。

兆和

一九八八年六月六日

信中，张兆和用了"非同一般的友谊"这样的话，
它们恰恰可以注释巴金在唁电里仿佛很平静的文辞：
"我们三十、四十年代相聚的情景还历历在目。……我
永远忘不了你们一家。"可是，他又怎么能平静下来呢？
"一百多天过去了。我一直在想从文的事情"，巴金身患
严重的帕金森氏症，执笔困难，就是这样，他花了三四
个月，用颤抖的手写长文《怀念从文》。那些灿烂的青
春岁月，他与沈从文半个世纪的友情画卷，在他的笔下
徐徐展开……

"好像我们有几十年的交往一样"

我和从文见面在一九三二年。那时我住

在环龙路我舅父家中。南京《创作月刊》的主编汪曼铎来上海组稿，一天中午请我在一家俄国西菜社吃中饭，除了我还有一位客人，就是从青岛来的沈从文。我去法国之前读过他的小说，一九二八年下半年在巴黎我几次听见胡愈之称赞他的文章，他已经发表了不少的作品。我平日讲话不多，又不善于应酬，这次我们见面谈了些什么，我现在毫无印象，只记得谈得很融洽。他住在西藏路上的一品香旅社，我同他去那里坐了一会，他身边有一部短篇小说集的手稿，想找个出版的地方，也需要用它换点稿费。我陪他到闸北新中国书局，见到了我认识的那位出版家，稿子卖出去了，书局马上付了稿费，小说过四五个月印了出来，就是那本《虎雏》。

1932 年 7 月上旬，巴金从福建旅行回到上海。沈从文到上海，应当是在 7 月 25 日或者以后的几天。当年 7 月 22 日，他在给大哥沈云麓的信上写道："我还预备过上海去一次，若三天内可作出一点事情来，廿五或当动身……"那本小说集，有的研究者认为应当是当年 11 月上海新中国书局出版的《都市一妇人》，文中说《虎雏》是巴金的误记，因为《虎雏》在当年 1 月即出版了。——这是他们波澜不惊的相识，却又是一见如故的"融洽"。

当时执教于青岛大学的沈从文这次南行，更重要的目的是去苏州见他苦恋三年的对象张兆和：

> 有一天，九如巷三号的大门堂中，站了个苍白脸戴眼镜羞涩的客人，说是由青岛来的，姓沈，来看张兆和的。家中并没有一人认识他，他本以前，亦并未通知三姐。三姐当时在公园图书馆看书。他以为三姐有意不见他，正在进退无策之际，二姐允和出来了。问清了，原来是沈从文。他写了很多信给三姐，大家早都知道。于是二姐便请他到家中坐，说："三妹看书去了，不久就回来，你进来坐坐等着。"他怎么也不肯，坚持回到已定好房间的中央饭

店去了。二姐从小见义勇为，更爱成人之美，至今仍然如此。等三姐回来，二姐便劝她去看沈二哥。三姐说："没有的事！去旅馆看他？不去！"二姐又说："你去就说，我家兄弟姐妹多，很好玩，请你来玩玩。"于是三姐到了旅馆，站在门外（据沈二哥的形容），一见到沈二哥便照二姐的吩咐，一字不改的如小学生背书似的："沈先生，我家兄弟姐妹多，很好玩，你来玩！"背了以后，再也想不出第二句了。于是一同回到家中。

沈从文带了一大包礼物来，全是英译精装本的俄国小说，有托尔斯泰、陀思妥耶夫斯基、屠格涅夫、契诃夫等人的著作，有一对书夹。据说，为了买这些礼物，他卖了一本书的版权。不知道是不是巴金陪他去新中国书局卖掉的那本小说集。沈从文不通外文，这些英译名著，是托巴金选购的。尽管如此，我总觉得沈从文所托非人，当时，巴金连女朋友都没有，也没有谈恋爱的经验，沈从文托巴金给女友选购礼品，选购的居然是这么一大堆书，也只有这两个书呆子能想得出来。张兆和觉得礼太重，退了大部分书，只收下《父与子》《猎人日记》和契诃夫小说集。

沈从文不虚此行，是否打动了张兆和不说，至少收获了一个同情他的二姐，还用"讲故事"的古老套路给张家姐弟留下了一个不错的印象。五弟寰和，从每月二元的零用钱中拿出钱来买瓶汽水款待沈从文，让他大为感动，立即跟五弟说："我写些故事给你读。"他不曾食言，后来写《月下小景》系列，每篇后面都附有"给张小五"的字样。

在巴金这一面，那天卖完稿子以后，在书局门口分手时，沈从文约巴金到青岛去玩。这是初次见面的客套话也说不定，然而，一个多月后，巴金真的去了。"我本来要去北平，就推迟了行期，九月初先去青岛，只是在动身前写封短信通知他。我在他那里过得很愉快，我随便，他也随便，好像我们有几十年的交往一样。他的妹妹在山东大学念书，有时也和我们一起出去走走看看。"巴金在这里住了一周，就住在沈从文的宿舍里，"在青岛他把他那间屋子让给我，我可以安静地写文章、写信，也可以毫无拘束地在樱花林中散步。他有空就来找我，我们有话就交谈，无话便沉默"。真像是多年交往的老朋友，巴金没当自己是客人，沈从文也没当自己是主人，"随便"。后来巴金还有回忆："从文当时在山东大学教书，还不曾结婚，住在宿舍里面。他把房间让给我，我晚上还可以写文章。我就借用他的书桌写了短篇小说《爱》，也写了《砂丁》的《序》……"虽然只有短短的一周时间，这次见面，他们相互间更加了解，更相知了。

　　青岛，是沈从文一生中养育梦想的一个地方。这里的山、海、花、草、树木，唤醒了他的内心记忆，洗去了他昔日在北京、上海、武汉等都市所蒙受的尘垢，人的天性得以流露和伸张，情感像大海的波涛一样奔涌而出。在给大哥的信上，他描述过他和妹妹沈岳萌（"萌弟"）在这里的生活："萌弟极安静，住处比我的较好，每天差不多都同我过海边一次，在青岛住下一年，走路真很可观。""这里照例每晚上总得落雨打雷，白日又清清白白。海边各处是人，男女极多，最好的极新式的别墅，每月租金一百到五百，完全像画上一样动人。"他

曾写过青岛的5月，山脚树林深处，不时传来鸟鸣。公
园中梅花、桃花、玉兰、郁李、棣棠、海棠和樱花，一
齐开放。"到处都聚集了些游人，穿起初上身的称身春
服，携带酒食和糖果，坐在花木下边草地上赏花取乐。"
沈从文经常到海边漫步，坐在海边，晒着太阳，面对万
顷碧波，远行船只留下的一缕淡烟，一个人胡思乱想：
"名誉、金钱，或爱情，什么都没有，那不算什么。我
有一颗能为一切现世光影而跳跃的心，就很够了。这颗
心不仅能够梦想一切，还可以完全实现它。"

在青岛，沈从文不能忘记中国公学时代的张兆和，
还有美丽的"偶然"。"真难受，那个拉琴的女子，还占
据到我的生活上，什么事也作不了。""见了那个女人，
我就只想用口去贴到她所践踏的土地……"名誉、金
钱、爱情、欲望、苦闷，种种问题，不断地搅动着他不
安分的心。有人把沈从文想象成一个吹奏着田园牧歌的
笛手，哪里呀，沈从文看似单薄、孱弱的身体里孕育着
巨大的热情和能量，它们像岩浆一样，一生中都在不断
地搅动。对感情、对工作、对生活，都是这样的。他自
己也很清楚，在所谓理智与情感的平衡中，情感经常发

炎，经常失衡，在同一封信中，他就表达过把握不住自己的感叹："我愿意我的头脑能够安静点，做一点事情，但是，热情常常在想象里滋育长大，我将为这个更其胡涂了。"

1932年，沈从文30岁；巴金28岁，同样被困锁在热情的熔炉之中。这一年的10月，就是从沈从文那里离开的一个月后，巴金发出了"灵魂的呼号"。他对朋友说"请你听听我这个孤寂的灵魂的呼号罢"，他对自己日夜投入的写作产生了严重的质疑："爱与憎的冲突，思想和行为的冲突，理智和感情的冲突，理想和现实的冲突，……这些织成了一个网，掩盖了我的全部生活、全部作品。我的生活是痛苦的挣扎，我的作品也是的。我时常说我的作品里混合了我的血和泪，这不是一句谎话。我完全不是一个艺术家，因为我不能够在生活以外看见艺术，我不能够冷静地像一个细心的工匠那样用珠宝来装饰我的作品。我只是一个在暗夜里呼号的人。""我随时都准备着结束写作生活，同时我又拼命写作，唯恐这样的生活早一天完结。像这样生活下去，我担心我的生命不会长久，我害怕到死我还陷在文学生活里面。这种情形的确是值得人怜悯的。"

他们都有无数的矛盾、痛苦、不解、怀疑、激情……这些都折磨着他们，令他们不安、不平。大约这才是真正的作家。一个永远作着精神探索的人。像老托尔斯泰一样，生命中每一个阶段都有"精神危机"，这也才是大作家。不像有些志得意满的作家，仿佛一辈子也不会有困惑，思想和心灵就如一潭死水。

多年过后，作为巴金和沈从文友谊的见证，我在整理巴金先生遗留下来的文献时，在旧纸堆里找到了一个空信封。左上角印有"国立青岛大学"的中英文字样，信封上的字是用钢笔书写的，是沈从文的笔迹："上海东百老汇路开明书店编译所索非先生转巴金先生启；从文寄。"信封的背面邮戳字迹比较模糊，看不清年份，隐约能看到 11 月 29 日的字样。查年表，沈从文是 1931 年 8 月就任青岛大学国文系讲师的（1932 年 9 月，青岛大学改为山东大学），1933 年 8 月离开该校。不管这封信写于何时，"青岛大学"的字样有标示性，巴金住过的沈从文的宿舍，他们一起散步的海边、樱林，还有推心置腹的交谈，这些都是他们一生中美好的记忆。

"真所谓人逢喜事精神爽耶"

据张充和的叙述，1932年年底即寒假，沈从文第二次来苏州，"穿件蓝布面子的破狐皮袍子。我们同他熟悉了些，便一刻不离的想听故事。晚饭后，大家围在炭火盆旁，他不慌不忙，随编随讲。讲怎样猎野猪，讲船只怎样在激流中下滩，形容旷野，形容树林。谈到鸟，便学各种不同的啼唤，学狼嗥，似乎更拿手。有时站起来转个圈子，手舞足蹈，像戏迷票友在台上不肯下台"。这一次是谈婚论嫁来了，他和张兆和同去上海看望张兆和的父亲和继母，与张兆和的父亲很谈得来，婚事就算有了着落。在这之前，沈从文曾写信给二姐张允和，请她征询父亲的意见，并对张兆和说："如爸爸同意，就早点让我知道，让我这乡下人喝杯甜酒吧。"二姐给他电报里，用了自己名字里一个"允"；张兆和的电文则是："乡下人，喝杯甜酒吧。"这样，在1933年年初，他们正式订婚，张兆和也随沈从文到了青岛，在青岛大学图书馆做西文图书编目工作。

1933年8月，沈从文辞去教职，应杨振声之邀到北平参加编辑中小学教科书工作。同时，他开始筹办自己的婚事。8 月 24 日，他在给大哥沈云麓的信中详细地报告了筹办婚事的细节和对位于达子营这个新家的安排。婚后的生活也有了图景：张兆和每日可过北大上课，沈从文继续去编教科书，并准备接手《大公报》的文艺副刊，九妹岳萌打算到天津读书……洞房花烛，人生大喜，沈从文写道："近年来也真稀奇，只想作事，成天作事也从不厌倦，每天饮食极多，人极精神，无事不作，同时也无一事缺少兴味，真所谓人逢喜事精神爽耶？"当然，他没有忘记及时表扬一把新娘子："兆和人极好，待人接物使朋友得良好印象，又能读书，又知俭朴，故我觉得非常幸福。"——"非常幸福"，这是丰盈的满足感，婚后两三年，沈从文迎来了创作的成熟和高峰期，《从文自传》《边城》《湘行散记》等杰出的作品相继问世。

在沈从文给大哥的这封信中，他提到"信中的喜帖，照日子看来，也许当在九号可以寄到"。沈从文的喜帖是什么样子的呢？多少年过去，人们似乎已经不奢望还能看到。偏偏他在上海的朋友巴金完整地保存了下来。那时候，朋友索非就是巴金的"代理人"，代理他与外界的各种联系，沈从文寄喜帖依旧是寄给索非转，这次地址有所变化：上海四马路开明书店索非先生转巴金先生——用的是娟秀的毛笔小楷写的。信封是专门印的中间有红条框的，下面落款的地址是仿宋体的：北平府右街达子营三十九号。这是沈从文的新家地址。邮戳上有中英文的"北平"字样，时间是民国二十二年8月24日——给大哥的喜帖也是那一天寄出的，看来那是沈从文统一给亲友寄喜帖的日子。颇为幽默的是，信封上邮局还盖了一个"欠资"的大红印。

内装喜帖是一张单片的竖条纸，上面印着：

民国二十二年九月九日二弟从文三女兆和于北平

　本宅结婚恭治菲酌敬请

　阖第光临

　　　　　　　　　　沈岳林

　　　　　　　　张冀牖敬启

沈岳林，就是沈从文的大哥沈云麓；张冀牖是张兆和的父亲，他们是代表双方的家长，可惜，他们都没有出席沈从文的婚礼。

在新编的《周作人集外文》中，收录了一则《沈从文君结婚联》，是周作人在沈从文结婚前一天所作的，他也没有参加当日的婚礼，这则文字不长，全文如下：

> 国历重阳日，沈从文君在北平结婚，拟送一喜联而做不出，二姓典故亦记不起什么，只想到沈君曾写一部《爱丽思漫游中国记》，遂以打油体作二句云：
>
> "领取真奇境，会同爱丽思。"

这副对联与沈从文给大哥的信中说"真所谓人逢喜事精神爽耶"对照起来也真是别有意味。这一段传奇的恋爱、受人关注的婚姻，由此算是进入了"真奇境"吗？这恐怕不是外人好评价的，总之这一对夫妇的一生经历了风风雨雨，坎坷又辛苦。沈从文的很多情话留了下来，张兆和的态度，人们却不太清楚。60年过去了，直到编辑《从文家书》时，她才写下这样的文字："从文同我相处，这一生，究竟是幸福还是不幸？得不到回答。我不理解他，不完全理解他。后来逐渐有了些理解，但是，真正懂得他的为人，懂得他一生承受的重压，是在整理编选他遗稿的现在。""过去不知道的，现在知道了；过去不明白的，现在明白了。他不是完人，却是个稀有的善良的人。对人无机心，爱祖国，爱人民，助人为乐，为而不有，质实素朴，对万汇百物充满感情。""太晚了！为什么在他有生之年，不能发掘他，理解他，从各方面去帮助他，反而有那么多的矛盾得不到解决！悔之晚矣。"

这段话写于 1995 年 8 月 23 日晨，沈从文如果活着，应当是 93 岁；张兆和那一年 85 岁。当年，沈从文曾讲过最美的情话："我行过许多地方的桥，看过许多次数的云，喝过许多种类的酒，却只爱过一个正当最好年龄的人。"那时，他们"正当最好年龄"，而当他们真正相互理解，却要跨过一个甲子的时间和风雨。

"我常常开玩笑地说我是他们家的食客"

巴金来了。

多年后，巴金回忆：

第二年我去南方旅行，回到上海得到从文和张兆和在北平结婚的消息，我发去贺电，祝他们"幸福无量"。从文来信要我到他的新家作客。在上海我没有事情，决定到北方去看看，我先去天津南开中学，同我哥哥李尧林一起生活了几天，便搭车去北平。

我坐人力车去府右街达子营，门牌号数记不起来了，总之顺利地到了地点。我只提了一个藤包，里面一件西装上衣、两三本书和一些小东西。从文带笑地紧紧握着我的手，说："你来了。"就把我接进客厅。又介绍我认识他的新婚夫人，他的妹妹也在这里。

巴金这段文字有一个地方值得细究：他究竟是因为

"去南方旅行"错过了婚期，未能出席沈从文的婚礼，还是他旅行回到上海，接到喜帖（"得到……消息"），但是他因事未能去北平呢？"得到……消息"是指已经结婚，还是得到通知（喜帖）？巴金那一年的确去了福建和广东，不过，7月下旬，他已经返回上海。之后，又与朱沈母了同游普陀，至迟8月初也回来了。沈从文的结婚喜帖是8月24日寄出来的，无论如何，巴金在8月底以前也该收到了，如果要出席婚礼，完全来得及。如果再做一个猜测的话，不喜欢热闹的巴金也许是有意避开婚礼，而宁愿选择一个清静的时候，单独向朋友表示祝贺。

这么说是因为，沈从文是9月9日结婚，而巴金15日就已经在北平了（还不能说，15日那一天才到，也许更早）。朱自清9月15日的日记写道："晚振铎宴客，为季刊，晤李巴金，殊年轻，不似其特写。冰心亦在座，瘦极。"那仅仅是沈从文婚后的第6天，他不该错过沈从文的婚期啊，除非是有意的。巴金一点也不客气，在沈从文的蜜月期间，他到了沈家，大大方方地住进了沈从文的书房，"我常常开玩笑地说我是他们家的食客"。

"客厅连接一间屋子，房内有一张书桌和一张床，显然是主人的书房。他把我安顿在这里。""院子小，客厅小，书房也小，然而非常安静，我住得很舒适。正房只有小小的三间，中间那间又是饭厅，我每天去三次就餐，同桌还有别的客人，却让我坐上位，因此感到一点拘束。但是除了这个，我在这里完全自由活动，写文章看书，没有干扰，除非来了客人。"很快，巴金在沈从文的书房中开始了工作，他先写了一个短篇小说《雷》，"《雨》出版以后不到一年我写了短篇小说《雷》。这是我从广东回上海后又从天津到北平、住在一个新婚的朋友家里的最初几天中间匆忙地写成的"。接下来，他又写了《电》的一部分："这部小说是在一个极舒适的环境里写成的。我开始写前面的一小部分时，还住在北平那个新婚的朋友的家里，在那里我得到了一切的方便，可以安心地写文章。后来另一个朋友请我到城外去住。我去了。他在燕京大学当教员，住在曾经做过王府的花园里面。白天人们都到对面的学校本部办公去了。我一个人留在那个大花园里，过了三个星期的清闲生活。这其间我还游过一次长城。但是我毫不费力地写完了

《电》。"巴金说的"一个极舒适的环境",其中就包括沈从文的新家。

那一段时间,沈从文一面编教科书,一面开始忙活《大公报·文艺》的组稿和编辑工作,另外还在写《记丁玲》,也是忙得不亦乐乎。巴金占了他的书房,他就在院子里的树下写。巴金也频繁地出席沈从文他们为《大公报·文艺》所召集的组稿聚会,后来又与靳以开始了《文学季刊》的筹办工作。作为沈家的客人,他显然受到了欢迎,沈从文在给大哥的信中说:"我们有小书房一,还希望有一常客住下!朋友巴金,住到这里便有了一个多月,还不放他走的。他人也很好,性格极可爱。"巴金在北平的活动,张宗和在日记中记过几笔。1933年11月25日,"天阴阴的,还有点风,不是一个好的天气,等到我们上船的时候,却又出了太阳。大家都不太会划,船老是转圈子,我们转了一圈,到五龙亭,去看了九龙壁。出来碰见张干,说巴金请客,请我们都去。我不干,就和四姐分手,到宗斌他们那儿去了"。12月1日,"一会儿,巴金、三姐和九小姐,来邀我们到协和礼堂去看戏"。这也充分说明,巴金与沈从文的家庭已经融为一体。

> 我在达子营沈家究竟住了两个月或三个月，现在讲不清楚了。这说明我的病（帕金森氏综合症）在发展，不少的事逐渐走向遗忘。所以有必要记下不曾忘记的那些事情。不久靳以为文学季刊社在三座门大街十四号租了房子，要我同他一起搬过去，我便离开从文家。在靳以那里一直住到第二年七月。
>
> 北京图书馆和北海公园都在附近，我们经常去这两处。从文非常忙，但在同一座城里，我们常有机会见面，从文还定期为《文艺》副刊宴请作者。我经常出席

那一时期，他们成了来往相当密切的朋友。那是他们的青春岁月，精力充沛，无拘无束，欢畅聚谈，真挚交往，难怪后来他们的心底都藏着一个 30 年代的旧梦。不过，朋友是朋友，各自的观点未必一致，写作的风格更是不同，他们也不总是笑嘻嘻，而是经常有辩论，有

时候还很激烈，甚至都公开辩论到报刊上了。巴金说："我提到坦率，提到真诚，因为我们不把话藏在心里，我们之间自然会出现分歧，我们对不少的问题都有不同的看法。可是我要承认我们有过辩论，却不曾有争论。我们辩是非，并不争胜负。"他还回忆（《与李辉谈沈从文》）：

　　李：一九八二年我去和沈先生聊天时，他说你们在青岛、在北京常常爱辩论。我说是不是吵，他说不是吵，是辩论。

　　巴：我们爱写信辩论，但辩论过后我们还是很好的朋友。辩论得最厉害的一次是关于我的小说《沉落》，他认为我对周作人的态度不对，很不满意。

　　李：你和他好像是两种性格，你们争吵时发火吗？

　　巴：不发火。我和从文辩论，有时暗暗发笑，他还以为我发神经，今天骂这个，明天骂那个。我骂周作人，也骂朱光潜。

李：你和朱光潜辩论是不是因为达·芬奇的《蒙娜丽莎》，还有关于眼泪文学的问题。

巴：主要是关于眼泪文学，他那时在大学里批评眼泪文学，我不同意，就写文章反驳他。抗战初期，我在成都，有一次郭子雄请吃饭，请了朱光潜，也请了我。他问朱，朱光潜说没有关系，问我，我说我也没有关系。年轻人嘛——

李：火盛。

巴：对，也有偏执的地方。朱光潜，还有梁宗岱，我们后来相处得都很好。

正如巴金所说，辩论最厉害的一次是围绕着他的小说《沉落》展开的，大致的过程和相关的观点，巴金在《怀念从文》中详细而又坦率地写到了。在《沉落》中巴金批评了周作人，引起沈从文的不高兴，那是1934年巴金去日本之前所写的小说，沈从文读到后写信给已经在横滨的巴金，质问他："写文章难道是为着泄气！？"巴金看后也很激动，在1935年2月出版的《文学》第

4卷第2号上发表同题随笔公开答复沈从文的指责。他说:"我诚心地感谢这位朋友。我是常常把他当作畏友的。但是对于他这个劝告,我却不得不原封地璧还,因为他似乎不曾了解我那篇文章的主要思想。"——巴金认为沈从文误解了这篇小说的意思,也不了解周作人。他说自己没有私敌,然而,"对于目前的种种阻碍社会进步的倾向、风气和势力,我无论如何也不能够闭着眼睛放过它们","《沉落》所攻击的是一种倾向,一种风气:这风气,这倾向正是把我们民族推到深渊里去的势力之一。这一点是那位朋友没有见到的罢。他的眼光也许比我的更远一点,他似乎看漏了我们民族当前的危机而仅仅迷信着将来。事实上这将来还得看我们今天的年轻人的努力。要是我们能够把这个正在'沉落'的途中挣扎的民族拉起来,那么将来才有黎明留给我们。否则一批教授和博士也救不了谁的"。巴金究竟在小说《沉落》中写了什么呢?他写了一位教授,之前写文章"劝人不要相信存在的东西,劝人在恶的面前不要沉默,劝人把线装书抛到厕所里去"。一旦功成名就后,这位教授住进了大房子,有了满屋子的书,娶了美丽的太太,享受着安逸的生活。这时的他深悔年轻时的孟浪，劝青年们"勿抗恶"，要学会接受现状："勿抗恶，一切存在的东西都有它存在的理由。'满洲国'也是这样。所谓恶有时也是不可避免的，过了那个时候它就会自己消失了。你要抗恶，只是浪费你的时间。你应该做点实在的事情，老是空口嚷着反抗，全没有用，而且这不是你的本分。你们年轻人太轻浮了。真是没有办法。"虽然，后来他的太太移情别恋给了他极大的刺激，但他想到的只是"我是完结了"，已经难以从目前的状态中自拔。1934年秋天写这篇小说的时候，巴金给主人公设计的结局是："又过了半年的光景，我就听见人说他做了某某部的一个领干薪的委员。"以至于后来死去了……这是一种漫画了的写法，小说中的教授及其言论，当然不能等同于周作人，不过，熟悉周作人的人一定也能看出来，这里面讽刺和影射的就是周作人。

关于周作人，多年后，巴金再一次谈到他的看法："周作人当时是《文艺》副刊的一位主要撰稿人，从文常常用尊敬的口气谈起他。其实我也崇拜过这个人，我至今还喜欢读他的一部分文章，从前他思想开明，对我国新文学的发展有过大的贡献。可是当时我批判的、我担心的并不是他的著作，而是他的生活、他的行为。从文认为我不理解周，我看倒是从文不理解他。可能我们两人对周都不理解，但事实是他终于做了为侵略者服务的汉奸。"巴金的这番言论，到今天恐怕也不会为一些人所接受，他们和沈从文一样，认为"激进青年"巴金无法理解周作人，巴金也没有说他就理解周作人，但是，我们应当注意巴金文章中批评的这种倾向以及预言的结局："他终于做了为侵略者服务的汉奸。"所有认为理解周作人的人，似乎不应该回避这个结果和进一步思考：这究竟是为什么？

沈从文当然不会接受巴金的反驳，他们的辩驳仍然继续，从巴金在日本，一直到巴金回国，他们接着写长信辩论。1935年年底，沈从文在《文学月刊》第2卷第4期上公开发表《给某作家》，直言不讳地批评巴金：

> 我以为你太为两件事扰乱到心灵：一件是太偏爱读法国革命史，一件是你太容易受身边一点儿现象耗费感情。……你对于生命还少实

证的机会。你看书多，看事少。为正义人类而痛苦自然十分神圣，但这种痛苦以至于使感情有时变得过分偏执，不能容物，你所仰望的理想中正义却依然毫无着落。这种痛苦虽为"人类"而得，却于人类并无什么好处。这样下去除了使你终于成个疯子以外，还有什么？"与绅士妥协"不是我劝你的话。我意思只是一个伟大的人，必需使自己灵魂在人事中有种"调和"，把哀乐爱憎看得清楚一些，能分析它，也能节制它。

他劝巴金："我看你那么爱理会小处，什么米米大的小事如×××之类闲言小语也使你动火，把这些小东小西也当成敌人，我觉得你感情的浪费真极可惜。我说得'调和'，意思也就希望你莫把感情火气过分糟蹋到这上面……"这些话未必能够一下子说服巴金，但是巴金是认真思考过的，并且在以后的生活和写作中不断调整过去的姿态——虽然这未必完全是因为沈从文的劝告，但是有沈从文这样的朋友，更能促使一个人自我反思。巴金在晚年也说过："我记不起我怎样回答他……我写信，时而非常激动，时而停笔发笑，我想：他有可能担心我会发精神病，我不曾告诉他，他的话对我是连声的警钟，我知道我需要克制，我也懂得他所说的'在一堆沉默的日子里讨生活'的重要。我称他为'敬爱的畏友'，我衷心地感谢他。当然我并不放弃我的主张，我也想通过辩论说服他。"

时间抹平了一切，今天旧事重提，我不是为这两位老朋友接着辩论，那些具体观点甚至可以不重要，我看到的是，在这唇枪舌剑的辩论之外，他们的友谊加深了，相互的了解加深了，在冰冷的岁月中，他们的友谊更经得起时间的检验。就在沈从文写下《给某作家》的那个冬天，巴金又来北平了，又到了沈从文的家：

　　我回国那年年底又去北平，靳以回天津照料母亲的病，我到三座门大街结束《文学季刊》的事情，给房子退租。我去了达子营从文家，见到从文伉俪，非常亲热。他说："这一年你过得不错嘛。"他不再主编《文艺》副刊，

把它交给了萧乾，他自己只编辑《大公报》的
《星期文艺》，每周出一个整版。他向我组稿，
我一口答应，就在十四号的北屋里，每晚写到
深夜，外面是严寒和静寂。北平显得十分陌
生，大片乌云笼罩在城市的上空，许多熟人都
去了南方，我的笔拉不回两年前朋友们欢聚的
日子，屋子里只有一炉火，我心里也在燃烧，
我写，我要在暗夜里叫号。我重复着小说中人
物的话："我不怕……因为我有信仰。"

巴金所谈的"大片乌云笼罩在城市的上空"，是日
军步步紧逼的华北形势，正如他在文章中说："当整个
民族的命运陷在泥淖里的时候，当人类的一部分快要沦
于奴隶的境地的时候……"巴金说的这篇文章，应当是
发表于 1935 年 12 月 9 日《大公报·文艺》上的《别》
（后改名为《我离了北平》）。据他回忆是写于北平的三
座门大街，"文章发表的那天下午我动身回上海……"
然而，1936 年 6 月巴金所作的附记中，他说他从北平离
开后，在天津下车，在三哥的宿舍里住了几天，离开天

津的前夜写下此文。从文中提到的大雪中的送行情节而言，显然是先有送行，而后才有文章描述，巴金晚年的记忆是不准确的。

在1935年的文章中，巴金特别提到了那充满友情的送别："我又看见了你们的挥动着的手。这几年来它们就时时在我的眼前晃动。码头上，月台上的景象，我永远不能够忘记。……想到你们，想到你们赐给我的一切，我也曾偷偷地落下眼泪，我说这是感激的眼泪。""在火车里我就只看见你们的手。你们不会知道那些手给了我多么大的鼓舞。倘使没有它们，我也许不会活到现在。……是你们的友情给了我精神的力量，来支配我的身体。"

在1936年，巴金补叙，"去年十一月我在北平住了将近三个星期。这个月三十日下午三点钟我搭平沪通车回南方。一些朋友到车站送行，火车开动时我还看见他们的挥动着的手。那一天落着大雪，全个古城被一种恐怖的气氛笼罩着，我的心差不多冷了，就靠着这些手它才得到一点温暖。在车厢里我想起了种种的事情。回忆使我苦恼，现实使我悲愤；未来使我耽心。但是甚至在那时候我还没有失掉信仰。"

1988年沈从文去世后，巴金在《怀念从文》中，再一次写到这个场景：

> 从文兆和到前门车站送行。"你还再来吗？"从文微微一笑，紧紧握着我的手。
>
> 我张开口吐一个"我"字，声音就哑了，我多么不愿意在这个时候离开他们！我心里想："有你们在，我一定会来。"
>
> 我不曾失信，不过我再来时已是十四年之后，在一个炎热的夏天。

可能，两个人都意识到，他们生命中一个"大时代"不由自主地即将降临。14年后，他们都过了不惑之年，那些青春的岁月逐渐离他们远去，然而，这样的友情，一辈子也不会远去。有人曾问这一对思想、艺术上有那么多不同的朋友，他们的共同点是什么？

——我想，就是这样赤诚的心吧。

"冬皇"孟小冬秘辛

沈寂

她摆脱杜月笙小妾的名分，单身一人，独自生活。她丢弃原来那套华丽的家具，小屋里布置朴实简单，墙上依旧挂着胡琴，那张《武家坡》的剧照，不单是她饰演的薛平贵一人，而是将一直"折在背面的梅兰芳"重又捋平，成为两个人的合影。

成名大世界

我大舅父任日晖开戏馆,"更新"舞台股东,与当代上海名伶多有交往。他曾对我说,别小看上海"大世界"游乐场里的大京班,开幕之初,就请来了短打武生李春来、盖叫天、林树森、小杨月楼等几位誉满申城的名伶。

"大世界"创办人黄楚九,对各剧种戏班要求有四大特点:名、新、奇、趣。大京班有名牌却无正宗老生,都是老一辈,没有新人。于是他在上海京剧界物色。正巧有人在城隍庙劝业场原址开办"小世界",出现一个刚14岁,唱老生的,叫孟小冬。他特地去观摩两场,发现这个小女老生非常出色。有人告知他:这位小女老生是孟家班的人,他更是惊喜。孟家班的创始人孟七，是与谭鑫培同时代的文武老生，孟七的伯伯孟六，是清末名噪一时的"武净"。孟氏门中三代出了九位京剧名角，世间少有。孟小冬年幼随祖辈学艺，后拜仇月祥为师，又自学刘鸿声派，耳濡目染，刻苦学艺，当然成才。如此年轻，又是女须生，真是黄楚九心目中的名、新、奇、趣的杰出人才。他想"挖角"，"小世界"因有合同，绝不肯放。于是黄楚九要求孟小冬在"大""小"两个"世界"同时演出，如此更出名，也增加收入。"小世界"主办人同意，孟小冬愿意，于是从1919年12月1日起到31日，在大京班连演一个月共40出戏，孟小冬由此而成名。

谁也无法想象，一个刚14岁的少女，虽是孟家班出身，毕竟年少又无舞台经验，竟能在名角如林的大京班里从开锣戏，从配角一直升到演压轴戏，登上"最优秀的须生"排行榜。真是事实，还是传闻有误？多少年来我一直心存疑惑。15年前，我查阅"大世界"当年出版的《大世界报》，该报果然刊登了孟小冬在大京班演出的戏单。

1919年11月24日，加上12月1—31日，孟小冬

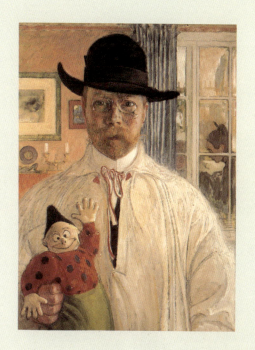

卡尔·拉森
(Carl Lasson 1853—1919)

　　瑞典画家。对生活的热爱是他创作的源泉。拉森
13 岁进入斯德哥尔摩美术学院学习，曾经在巴黎发展，
但是不太成功。后半生他和妻子卡瑞琳回到瑞典中部
乡村小镇桑德波恩，按自己的趣味设计住房，然后生
了 8 个小孩。他画的都是家庭生活趣事，使用大量透
明水彩，这些作品可能是瑞典最早的水彩插画作品之
一。

卡尔·拉森

Carl Lasson

卡尔·拉森
Carl Lasson

在"大世界"大京班演出一个月就轰动上海滩，黄楚九怎肯放弃这棵摇钱树？就要孟小冬专演夜场连台本戏《宏碧缘》。《宏碧缘》故事出自唐代武则天时，官宦之子王伦与豪富任正千之妻贺氏私通，并诬任为盗，加以陷害。任友骆宏勋、骆仆余千得到大盗鲍自安、花振芳等人之助，救出任正千，杀死王、贺。恶霸奕一万与骆宏勋为敌，派人设摊打伤骆之表兄。鲍自安得讯，助骆打败奕一万……情节曲折，有文有武。孟小冬有唱功，演骆宏勋。然大京班里缺有武功的须生。黄楚九东探西寻，粉菊花推荐比孟小冬长九岁的露兰春。露兰春以前曾与粉菊花、小金铃等学过武戏，如今两个女伶在《宏碧缘》里合演（露兰春还在日场串演时装戏《枪毙阎瑞生》和《苏武牧羊》）。"大世界"大京班都是女须生、女武旦，压倒男角，真是阴盛阳衰，乾坤颠倒。黄楚九便将"大京班"改名"乾坤大剧场"。

据杜月笙亲信告知：当时杜月笙已近三十，还只在黄金荣手下当"下手"。他是戏迷，有时被黄金荣妻子派到城隍庙办事，他便顺便白相"小世界"。看到孟小冬日场完毕，坐马车赶场去"大世界"，他就偷偷坐在马车后面踏板上，混进"大世界"，在大京班场子角落里看白戏，对孟小冬入迷，一直迷到死。

"冬皇"艳闻

孟小冬在乾坤大剧场合同期满，忽然北上，与情同姐妹的露兰春依依惜别。她到天津后，与自美国载誉回国的梅兰芳合演《游龙戏凤》《武家坡》等，珠联璧合，一鸣惊人。两人在舞台上扮演夫妻，舞台下相互倾慕，有人迷恋孟嫉恨梅，竟持枪行凶，梅兰芳在孟小冬的保护下逃过一劫。也有一说是梅家不让孟进门。从此两人恋情遂告中断。孟小冬灰心黯然，去天津尼姑庵修身养性。然孟小冬未被悲伤压倒，回北京拜余叔岩为师，闭门深造，成为余派嫡传。偶尔被邀请演出，越唱越红，被报界誉为"冬皇"。1947年，杜月笙六十大寿，邀请全国京剧界名伶唱五天堂会。还特派人到北京登门拜访孟小冬。孟小冬盛情难却，也想趁此机会到上海与全国京剧名伶相聚；为难的是要与梅兰芳见面，说不定还会在舞台上合演。孟小冬到上海，由杜月笙曾与孟小冬同台的爱妾姚玉兰亲自迎接到茂名公寓。杜月笙正在养病，见了孟，顿时痊愈。二十多年不见，当年他在"大世界"看孟小冬还是豆蔻少女，如今已是独具风韵的少妇，更令他入迷。孟小冬对杜月笙深深鞠躬，不仅仅出于礼貌，还隐藏着别人不知道的助梅救己的感恩之情。

寿辰后第三天，在牛庄路中国大戏院举行五天义演。"戏提调"金廷荪煞费苦心，最后遵照杜月笙指示，排定五天节目：第一天到第四天，有梅兰芳演出《龙凤呈祥》《打渔杀家》（与马连良合演）、《樊江关》《四郎探母》，第五天，孟小冬才出场。杜月笙特地关照，送花篮一律折价，每只五十万元。有人一送就是十只，有的高达二百八十只。演出剧目中没有梅兰芳的戏份。孟小冬与赵培鑫、裘盛戎、袁世海合演《搜孤救孤》。

我无缘看到孟小冬在"大世界"的演出，她北上与梅兰芳合作，我更无法看到；可是知道梅、孟之间的恋情故事。此后，她隐居不出，我以为从此不会看到孟小冬的戏。不料，这一次她竟不避嫌疑，不怕小报界造谣生事，而来沪义演。我当时在报界工作，我二哥又是票友，送一笔礼，有幸成为座上客。中国大戏院门外墙头上贴满孟小冬小姐登台志喜的红纸喜报，场子里、花楼、正厅，人山人海、水泄不通。孟小冬一出场，满堂彩声，一段唱完，彩声不绝。全场观众陶醉在她那动听的余派唱腔中，边听边赞，似狂似醉。我看京剧数十年，这一次我享受到了京剧的神韵妙音，终生难忘。

听说孟小冬离沪前整理行装，姚玉兰送上珍贵首饰，孟小冬谢绝。姚玉兰称首饰是酬谢，孟小冬答道：杜先生对人的恩情，报答不尽。姚玉兰听不明白，问杜，杜月笙只谦逊一笑，不作回答。

杜月笙寿辰结束，为了答谢各位名伶，撑起病弱的身体，和大家在法租界海格路花园合影一帧，又赠每位金表一只，都到全了，独少孟小冬。她不与梅兰芳同台，也不和梅兰芳同座合影。此时此刻，她已坐上火车离开上海，带走了无尽恩怨和爱恋。

拜见"冬皇"

1949 年，香港永华影业公司购买了我两部中篇《盐

场》和《红森林》的版权（《盐场》拍摄成影片，改名
《怒潮》，舒适导演并任主角）。永华主办人李祖永，亲
笔专函邀请我去香港任编剧。

李祖永祖籍宁波镇海小巷李家，先后毕业于清华大
学、美国亚姆罕斯脱大学，获文学硕士学位。回国后在
上海光华大学历史系任教，后主持大业印刷厂，专印国
民政府发行的钞票。八年抗战时期，大业厂在杜月笙的
帮助下，搬至重庆，李祖永由此发财，而杜月笙却受到
冷遇，参加反蒋秘密活动。1945 年，国民政府收购黄金，
加印钞票，杜月笙闻讯，与李祖永合谋，"大业"多印
钞票，抢先购买黄金，引起市场混乱，使国民政府收购
黄金不能得逞。蒋介石震怒，立案法办，即"黄金案"。
杜月笙设法离开重庆，以准备"反攻"为名，到屯溪与
美国海军军官陶乐斯合作，蒋介石奈何他不得，只抓住
李祖永。李祖永早就将印钞票收黄金的巨额金条，空运
到香港，因"查无实据"，拘留一个月后获得自由去香
港。在张善琨鼓励下，创办永华电影公司，设备新、规
模大，聘请全国著名电影编、导、演和摄影人员，第
一、二部影片《国魂》《清宫秘史》一炮打响，双炮震

天。"永华"成为亚洲电影帝国。李祖永也由富商豪绅而成为中国电影业巨头。我第一次与他见面，真是惴惴不安。一个还未进身电影界的无名小卒，焉能在电影界巨头前显丑。李祖永却热情接待我。我自称从未写过电影剧本，本不能胜任电影编剧。他取出我的小说《盐场》和白沉改编的电影剧本称道：你的小说接近剧本，有悬念，有高潮，剧本仅仅将你的小说分回改为分场，一模一样。他一语道破电影编剧的诀窍，我也由此入门。

我到香港无熟人，去找《盐场》导演舒适。舒适父亲舒石文，是梅党；舒母常为梅兰芳缝制戏装。他自己又酷爱京剧，常登台演唱。我提起我看过孟小冬的《搜孤救孤》，可惜从此看不到她。舒适告诉我，孟小冬已是杜月笙的小妾，平时不出闺房，而李祖永与杜月笙相熟，常去杜家。我得到指点，就将我想拜望"冬皇"的心愿，对李祖永透露。

三天后，李祖永要我一起坐车到坚尼地台18号，去拜见杜月笙。事先电话联络，一按门铃，一个女佣笑脸欢迎熟客。第一间是客厅，摆设简朴而有风度，正墙挂张大千画幅，有气派。杜月笙穿一件衬衫（他始终穿长袖，因掩盖手腕上的刺花），正襟危坐在大藤椅上，见知交上门，一摆手，请客人坐在他侧面的长藤椅上。李祖永壮实的半身占去大半座位，我在大亨面前，只有侧身而坐。杜月笙和李祖永寒暄，对我这个二十多岁、其貌不扬，又无名声的年轻小伙置之不理。我只得抬头看望一只扁长的鸟笼，笼里百灵鸟只跳不叫。杜月笙和李祖永交谈几句别人听不懂的话后，凌厉的目光朝我瞥视。李祖永这才想起，说一句："他是我从上海请来当永华编剧的——沈先生。"照理，我见大亨应该起身鞠躬。忽然心里有一种不卑不亢的知识分子的自尊心，使我不肯屈从强盗扮书生的落魄大亨。我记起在上海一位老友李之华事先告诉我，到香港凡与杜月笙等辈的人相见，只要提一个人的名字，碰到难事，可以得到方便。于是在李祖永介绍之后，我随即有意无意地说一句："上海的严先生要我向你问好！"我口气随便，却惊动大亨。他居然撑起病弱的身体，恭敬地回复我："严先生好？"我不知道"严先生"是谁，看到杜月笙如此郑重恭敬地向"严先生"问好，我也只得站起来回答："好！好！"两人为这位我从未见面，也不知何人的"严先生"

致敬后，坐下，使在一旁的李祖永又惊又呆，一定在猜疑我这个小青年的不明来历。

李祖永连忙提出我到杜府的来意。杜月笙毫不犹豫，欣然拍掌，招呼女佣："禀告孟老板，上海来贵客要见她！"因为当时杜、孟尚未正式结婚，称太太不合适，只得以京剧界的尊称"老板"，而"贵客"又是谁？我是"贵客"？一定是因为"严先生"之身价使我这个无名小卒成为上海贵客。可是身为"冬皇"的孟小冬是否买账？她不肯见我，我又怎么下台？或许来自上海的"贵客"是非见不可的代号？正在我（包括李祖永）为"冬皇"是否接见我们而心神不宁之际，忽然门外女佣举手将门帘掀起，也就在这一忽儿，孟小冬轻步走到门前站定，一个光彩绚丽的"亮相"。"冬皇"在舞台上扮演老生，一身古装，或青衣布帽，或相巾道袍，清秀脸面，下挂长髯，虽洒脱也宽松。她今天，身穿一件淡米黄色的旗袍，贴身而苗条。乌黑的头发梳着略显蓬松的发髻，脂粉不敷，面净齿白，大方漂亮，仿佛一枝出污泥而不染的水仙。她伫立在客厅门外，双眸朝客厅里流丽顾盼，令人惊喜。杜月笙轻声重复一句："上海贵客

沈先生拜见——"，谁都以为"冬皇"会步入客厅，没
想到，孟小冬意外地向我做了一个舞台上"请"的舞
势，回过身，朝自己闺房走去。

我一时为"冬皇"突然邀请发呆，连杜月笙也好
久才回过神来。他笑着做个"请"的手势，我连忙走出
客厅，卑逊地落后三步，轻脚慢步跟随"冬皇"。女佣
又举手掀起闺房门帘，冬皇再回身用手势邀请，我才敢
进入宁静的"皇室"。只见一张白铜床罩着浅蓝珠罗纱
帐子，四周是乳白色镶金边家具，既富丽又纯洁。床前
一张搁脚绿色藤椅，对面一张小藤椅，白色墙上挂着一
把胡琴，还有一帧配着狭长镜框的有些模糊的旧相片：
《武家坡》剧照。没有王宝钏，只有孟小冬饰演的薛平
贵孤单一人，显得奇特和异常。

在我浏览闺房之际，女仆送上盖碗龙井茶和名伶
上台前润喉解渴的精巧小茶壶。女仆退出。我不敢先开
口，孟小冬沉默等待后，才启齿问讯："沈先生从上海
来？"我回答："是。"她喝一口香茗，又问："上海还
唱京戏？"我回答："对。"又是半晌沉默，她双目向我
怔视，再问："程砚秋，程老板可登台？"我点头。她还

问："麒麟童仍旧演戏？"她一一问候，唯独不提梅兰芳。我猜想她是故意回避或是有意不提，怕被非议。她不问，是要我主动提出。于是我只得提起梅兰芳，让她释怀和放心。我也就用刚才回答别人近况的语气，放慢声调地不问自答："梅兰芳，梅大师也上台演《穆桂英挂帅》，盛况不减当年，观众十分欢迎。"我边说边观察"冬皇"的面色。她竟毫无表情，漠然地只点点头，表示听到。然后一片沉默，再也无话可说了。正好女佣掀起门帘，向女主人禀报："客厅里李先生要回府，请客人——"我见孟小冬要我入闺房和问讯的私事已完成，就趁机起身告辞。我出房门，走几步，听到房门关上，"冬皇"仍将自己禁闭在金丝笼里。

孟小冬不姓孟

李祖永在客厅门口等候。我向杜月笙道谢，他竟送我——是送那位"严先生"。到门口，据说杜月笙到香港后，从来不送客。"严先生"究竟是谁，我至今也不知道。

车夫拉开车门，我发现车厢里有鸟笼一只，就是我刚才在客厅无聊时观望的那只鸟笼。我不禁奇异，车夫郑重地解释："这鸟笼是杜先生送给沈先生的。"我从不养鸟，香港狭小的住屋放不下这扁长的精巧鸟笼，就要车夫退还。李祖永在旁插言："杜先生的东西，你要也要不到。他送给你，只许收，不许退。你不要，我拿回去。"上车后，李祖永急切地问我与孟小冬见面情况，我照实相告。李祖永边听边点头，好像知道所有内情。"那把胡琴，是杜先生气喘病发后，孟小冬自拉自唱余派戏，安慰老杜。那张照片？我猜想是她把梅兰芳扮王宝钏的半张照片反折了压在后面。"说罢，得意地哈哈大笑。忽然又泄露秘密地告诉我："孟小冬原本不姓孟！"这对我是震动人心的隐私。

不等我提问，李祖永直言相告："我听杜月笙说，清末民初一个冬天，孟家班去北京城郊宛平县，班主孟七率领十数人，在董家村祠堂演出文武戏目，从未观看过京戏的乡民，济济一堂，空前热闹。日、夜两场，总有一个六七岁模样的小姑娘，穿衣单薄，立在戏台前，抬头仰视，戏台上帝王将相，锣鼓声和琴弦声以及角色的唱腔，使小姑娘着迷。她目不转睛地从开锣戏看到完场，日场看完，她也消失。夜场还未开锣，她已抢先立在台前。直到夜场结束，她又不知去向。第二天，她照样无声无息地来来去去。日夜场之间，她去哪里吃饭？夜场后已是深夜，满天风雪，她又怎么冒着寒冷摸黑回家？演员们爱上了这个小戏迷，看到她日场散场后不走，就将自己吃的窝窝头送给她。她羞怯地低声道谢，将窝窝头塞进嘴里，看来她是忍饥挨饿来看戏。第三天结束，戏班向观众告别，她就不走，又羡慕又难舍地目睹演员们躺下睡觉，她才悄悄离去。第四天早晨，戏班收拾戏箱，正要出发，小姑娘急急赶来，跪在孟七身前，恳求孟七让她入戏班。戏班都喜欢这个小戏迷，可是唱戏是一个非常艰难困苦的行当，小小姑娘能否经受得住？而且，私自带走孩子有拐骗之罪。孟七在两难之中，去见小姑娘爹娘。小姑娘父亲姓董，所养子女六个，衣不蔽体，食不充饥。这几天，小姑娘因为看戏入迷，家里根本找不到她的影子。她的魂已被戏班勾引了去，留住她何用？于是，一口答应。孟七付给他们一笔钱，父亲拒绝，他不是卖儿卖女，而是希望女儿找到一条生路。小姑娘姓董，无名，大家叫她小董，进了孟家戏班，要改姓孟，又是在冬天进戏班，她的艺名就叫'孟小冬'。"

李祖永津津乐道地叙述孟小冬不姓孟的故事，我仍在回想刚才在孟小冬闺房看到、听到的种种细节，尤其当我提出梅兰芳名字时，她的表情和一闪而过满溢着感情的眸光。她和梅兰芳分离后，身在杜家，陪伴病人，喂药服侍。白天她自拉自唱曾与梅兰芳合演的《武家坡》，夜晚梦见自己与梅兰芳合演的《游龙戏凤》。二十多年来，她始终孤苦伶仃，独自一人，沉湎于寂寞、冷静、澹淡空虚的生活里。这一次，我提起梅兰芳，使她从迷梦中苏醒，才恢复片刻的神气。以后的日子又将如何度过？

"冬皇"一段情

初见孟小冬后不到半月，李祖永又神秘兮兮地约我坐车去杜家。一进客厅，只见方桌上有一对尺半高的寿烛，烛火照红客厅里从未有过的喜气，已经高朋满座：

马连良，杨宝森、杨宝忠兄弟，俞振飞，姚玉兰等。孟小冬和杜月笙并坐在沙发藤椅上。我们去晚了，女佣只得从别处搬来两只座椅。李祖永因自己是不速之客而向大家做了个手势，打招呼，和我一起坐在屋角里。

马连良继续他刚才的谈话，说今天是孟老板生日，为了纪念，请寿星唱一段余派戏。众人轻轻鼓掌。我当然高兴，可以听到我崇拜的"冬皇"近在身边清唱一曲。女仆从里面取来那把挂在墙上的胡琴。杨宝忠亲自操琴。不料孟小冬未唱先开言："各位余派门生、兄长，今天承蒙光临，真是千载难得。我是理应请各位先唱一段余派，作为纪念。"

"冬皇"虚逊，说得也在理。各位谦让，马连良一马当先，带头唱《战太平》。我没想到马连良的余派戏也唱得如此好，一改他独特的马派腔调。大家鼓掌后，杜月笙问他："马老板余派戏唱得真好，为啥不唱余派？"马连良以饰演诸葛亮的手势和声调，自叹自嘲："如今有余派正宗嫡传'冬皇'在此，区区马连良岂敢献丑？"说罢抱拳向大家作揖。大家笑了，接着轮到杨宝森，其兄杨宝忠操琴，珠联璧合。杨宝森唱一段《文昭关》里

的快三板，真是快而不乱，一气呵成。大家连鼓掌都来
不及，只得连声叫好。他一曲唱罢，众人才松口气。我
这一次一连听到两位京剧大师平时不露的余派好戏，真
是万幸。接着是俞振飞，他双手摇摆："我只会唱昆曲，
昆曲里没有余派戏目。"轮到姚玉兰，她却伸手邀请孟
小冬。大家的目光都注视孟小冬，等待多年未听到她的
唱声，期望她能在这千年难逢、群英咸集的时刻，唱一
出大家纪念余叔岩，又是祝贺她自己生日的戏目。她慢
慢地从座椅上起身，亭亭玉立，启齿开口，近乎耳语，
但琴师从她的口型可以领会她想唱哪出戏：《武家坡》
导板。杨宝忠的京胡出名，在戏院里他一出场，就满堂
彩声。按菊坛规矩，角色未获彩，琴师不可先声夺人。
杨宝忠不管，他的琴声总是先角色的唱声得彩。今天，
只有今天，他竟老老实实、平平稳稳地拉出"导板门"
过门，说明他对"冬皇"的尊敬。杨宝忠的导板过门，
拉得比平时缓慢悠长，所有的人都纷纷凝神聆听"冬
皇"开口。"冬皇"唱了，唱得那么低沉而余派韵味特
浓："一——马——离——了——西——凉——界！"真
动听，真过瘾。似乎听到余叔岩本人在唱，又似乎听到

三十年前她与梅兰芳合演《武家坡》时唱那段"导板"的回音，大家正满怀激情，又聚精会神地等待她唱那段更令人倾倒的西皮原板，杨宝忠操起"原板"过门，谁也没有想到，也没有料到，"冬皇"忽然从薛平贵回到孟小冬，她抱拳向大家拱手，不再继续唱了，还向女佣吩咐："开饭吧！"她又对大家深深鞠躬，然后转身走出客厅，头也不回。难道怕人发现她抑制不住内心感动的表情，还是有其他原因？

"冬皇"的这一意外举动，使所有的人都惊讶，又都不敢出声。只有杜月笙依旧笑脸招待客人。

几天后，我遇到舒适，提起此事。他想起来："抗战胜利，天津电台邀请名伶广播，孟小冬也请到。她唱《武家坡》，也只唱一句导板，就不唱了。"

孟小冬与梅兰芳在热恋前后，多次在舞台上合演《武家坡》。薛平贵在出场前，先一句"导板"："一马离了西凉界！"出场接着唱大段西皮原板，一句一彩，与饰演王宝钏的梅兰芳两人合唱合演，一直到夫妻相认，大团圆结束。是一喜剧。可是"冬皇"与梅兰芳在舞台下，生活里，只有一场热恋，没有喜剧大团圆，而是悲剧永分离。他们的热恋只是其漫长人生路上的一小段，是涓涓爱河里的一个漩涡，刚开始一闪光即消失完了。"冬皇"在退出舞台淡出人间后的隐居生活里，偶尔独唱当年与梅兰芳的《武家坡》时，也只唱一句"导板"便戛然而止。她和梅郎那场尽人皆知，又都不了解她内心的热恋，来得快，去得也快，仅仅是唱腔里的一小段。这一小段饱含着凡人的悲欢人情、真善人性和人生沧桑。这是一段不了情，也是一段未了情，永远不会终止，也终生不会忘记。

读者来信道破谜团

我两次亲历杜府，亲见孟小冬闺房独异的布置；亲闻她演唱曾与梅兰芳合演《武家坡》的只有开始就完了的一小段导板，使我在脑海中凝成了一个比喻：曾在舞台上辉煌一时，在舞台下，遇到磨难波折而贞节刚烈地自我奋斗、挣扎的"冬皇"，如今恰似杜月笙手中金丝鸟笼里的小鸟，委曲顺从，哀唱令人回肠荡气的一段情曲。这是一个使人难以相信的"谜"。这个谜团，也令世人费猜难解。直到三十年后，在我偶然见到一个人，听到他的两段话，才得以破解这个谜底。

1986年，我在《新民晚报》发表长篇连载《大亨》。在刊登到杜月笙出场后不久，报社转来一封读者来信。写信人具名黄国栋，信笺文字用钢笔誊写，毕恭毕敬，自称是杜月笙生前雇用的老账房，抗战时，杜先生命他留在上海杜公馆，并处理一切事务，今见《新民晚报》连载《大亨》，在记述杜月笙生前事迹，怕有错误，希望作者近期内到他家一叙，企盼至极。我接读信后立即去报馆了解，答复是黄国栋确实是杜月笙长期雇用的账房。此人新中国成立后曾入狱，最近才释放，系民主党派人士。对于这个曾入狱才释放的杜家账房，我不免犹豫，可又非见不可，就按照他信封上的地址：凝和路，前去拜访。

这条弄堂很长，据说弄内所有房屋都是他黄国栋的房产。入狱后已经充公。他如今住在弄内一幢屋子的第二层一间前楼，我叫了几声，无人答应，正欲离开，房门轻轻开启，露出一颗人头。我看了吓一跳，竟与杜月笙非常相似。他问我姓名后，客气地请我进房。房间布置特别，朝南正面墙前供一佛像，燃点香烛。南窗下，有一张香妃榻床，床前一张玉石面方桌，方桌四周有大小沙发四只。我坐下，他倒茶。只见他六十开外，脸色清癯而精神充沛，哪像从牢狱里出来，而仍是杜公馆掌管一切的总账房。他先称赞我写的《大亨》，还从抽屉里寻出一封书信，说是杜月笙的两个儿子读到《大亨》后，才知道他们的父亲出身贫困，受尽苦难。以后作者如有任何需要，他们当竭力支持。我当即谢辞。然后黄国栋转入正题：徐铸成发表《杜月笙传》曾遭中断，因文章中提到杜月笙死后，其四太太因有外遇而堕落，与事实不符。我回答：杜月笙的原配妻子沈月英，嫁给杜月笙后，因曾与她的表兄发生恋情而遭遗弃。四太太是姚玉兰，绝不会发生如此丑事。然而由此我也告诫自己，以后凡写传记，必须调查清楚，真实无误。

两人在交谈中，我环顾四周，发现墙上挂满书画。有张大千、徐悲鸿、刘海粟、齐白石等各大师佳作。而更多的是梅兰芳的画，有直幅，有扇面。我问黄国栋，他笑着答称，上海沦陷，梅兰芳从香港避难到上海，为了摆脱日伪的纠缠，蓄须明志。然要养活一个剧团，因无收入而经济拮据，便卖画为生。然其名声和作品不能与诸大师可比，买者少，价也低。在重庆的杜月笙知道此事，特命上海的黄国栋，凡梅兰芳的画，尽多收买，而且出价不菲，于是黄国栋以自己的名义，收买梅兰芳的画，让梅兰芳能保住他的剧团，直到抗战胜利。此事传到天津，孟小冬感激杜月笙仗义，也为她的心上人梅兰芳在困难中得以解救而放心。她始终记得杜月笙对梅兰芳无私帮助的恩情。

黄国栋还告诉我：1948年，平津被共产党军队围困，兵临城下使孟小冬十分恐慌。如动武炮轰，城里人民将成炮灰；如和平解决，共产党军队进城后，要清算一些名人、阔人。正在慌乱无主之际，上海的杜月笙派来一架专机，和姚玉兰亲笔书信，迎接孟小冬等人离开危城。孟小冬将有价值的重要物件，尤其是与梅兰芳合拍的剧照和其他珍贵物品，放在箱里，坐飞机到上海，亲如姐妹的姚玉兰在茂名公寓大门口迎接。杜月笙在十七楼房间里等候。孟小冬像死里逃生，见到他们如见亲人。双手握拳，深深行礼，以谢救命之恩，从此她身入豪门，成为杜家的人。

黄国栋告诉我这两段真情实事，解答了"冬皇"心甘情愿侍奉病弱的杜先生的疑问，和她毫无名分也无所求地给她的恩人喂药、抚胸，还自拉自唱一曲《武家坡》，也常常是只唱一句"导板"而停住。杜月笙知道，"冬皇"仍缅怀梅兰芳，如今却投入大亨怀抱，不禁暗暗得意，露出满意的笑纹。

杜月笙留下遗嘱

我两次拜访孟小冬后，再也没去杜家。只听说她要和杜月笙正式结婚。这一喜讯并非意外，然其中原委颇令人深思。孟小冬每天在杜月笙发病喘息时，喂药侍候。有一次，姚玉兰向她表示谢意，辛辛苦苦代伺奉丈夫。孟小冬无可奈何地轻声喟叹，自言自语："多蒙杜先生仗义，接我到上海，又到香港，我理应一心侍奉。可是我丫头不像丫头，女朋友又不算女朋友……"姚玉兰心明脑灵：堂堂一品"冬皇"，全身心投靠杜家，却无应有的名分。她告诉杜月笙，杜月笙也说出心里话："我怎么不懂？可是我不知道她是否肯委屈下嫁给我这个已经失势的大亨！"最后决定举行婚礼。由姚玉兰主持，不宴请客人，只是姚玉兰几个儿女，点燃花烛，阖家拍全家福。从此，有来客称她杜太太，不再叫孟老板。姚玉兰管理家务，姐妹相称。杜月笙还告诉孟小冬："你是我正式太太，将来可以分到遗产。"好像之所以举行婚礼，不是抬高自己身价，而是让孟小冬得到他恩赐的财产！

有一天，香港《大公报》刊登"黄金荣自白书"，并配有黄金荣在"大世界"门口扫地的照片。杜月笙要万墨林读那篇"自白书"，当读到1927年蒋介石背叛革命"四一二"大屠杀时，黄金荣独自承担责任，不提杜月笙。杜月笙一笑，不是黄金荣承担罪责，而是共产党对他杜月笙放过一马，另有用意。果然，1950年，中央政府要在香港开办交通银行，特聘杜月笙为董事长。他欣然答应。台湾报纸骂他是"垃圾"，共产党却不记前仇，还当他是个宝！

我那时，正从上海探望母亲回香港，向永华公司经理李祖永销假。李祖永要我改编《水浒》里的林冲故事，他告诉我，杜月笙病重。我关心的是孟小冬。我猜想，孟小冬也一定情绪不安，因为香港报纸上已登载北京下令禁演不少京剧：《四郎探母》《乌盆计》《游龙戏凤》等。

不久，我又听李祖永说杜月笙病情加重，他要亲信代写遗嘱：一是他死后棺材要葬在上海高桥杜家祠堂旁，表示活不能回乡，死后坟也要做在上海。二是他有十万美金（**由宋子安代为保存，是他在杜美路的别墅，原是他开设的赌场，抗战胜利后卖给美国领事馆**），作为遗产，遗留给姚玉兰和孟小冬。可是在临终前，台湾方面派来陆京士，奉蒋介石之命前来慰问；并告知杜月笙遗嘱必须修改，将落葬地改为台湾，遗属须亲自送棺材到台湾，才能接受十万美金遗产，这是命令，也是要挟。杜月笙在弥留之际，为了这笔钱，也不得不惨改遗嘱。最后，上海滩大亨杜月笙，吐出最后一口怨气，怀着一肚子遗憾，于6月16日逝世。

丧事一切由陆京士做主，他向各界发出讣告。可是《大公报》负责人因讣告上写着"中华民国"字样不宜刊登，便改为报丧消息：将"民国"改为公元。开吊之日，我也去旁观，只见孟小冬穿一身黑色丧服，低下头站在姚玉兰身后，不让别人注意。陆京士要求杜家遗属随棺木去台湾。姚玉兰携带子女随行，却不见孟小冬。她自认服侍大亨杜月笙只是为了报恩，有恩无爱，如今"恩人"死了，无爱的恩情也完了。她不愿以杜太太的身份出头露面去台湾，领遗产，遭受人们的耻笑和奚落，她要维护"冬皇"的尊严。

隐居台南小城

姚玉兰从台湾回来，将孟小冬应得的遗产交给她。她和孟小冬商量，泣诉自己身世，还赤诚相告：当初姚玉兰的父亲一斗金和妻子小兰英及她的两个女儿——玉兰、玉英，在黄金荣开办的黄金大戏院演出，母女三人合挂一块头牌，轰动一时。大女儿姚玉兰唱须生，小女儿姚玉英演武旦，姐妹二人亲热和谐。有人在背后窃窃私议：她们是面和心不和，后台让戏，台上抢戏。原来玉英是小兰英领来的养女。杜月笙那时已有三位妻妾，都是平庸无用的家庭妇女。他自己爱京剧，很想再娶一个女戏子，看中姚氏姐妹，就托黄金荣的媳妇李志清为自己去说媒。小兰英出身梨园世家，既正派又厉害，岂肯将女儿送给流氓出身的大亨？可是一家门正在黄金大戏院演出，在大亨手掌中，如不允亲，很难过门，以后也休想在上海以及其他各地上台。万般无奈，要两个女儿自己表态。小兰英想把养女玉英出嫁，玉英死也不从，还以死威胁，玉兰为了解除母亲困难，只得被迫答应，小兰英见爱女坠入虎口，心痛如割，在玉兰下嫁杜月笙后，她将戏班解散，独自一人进尼姑庵，以修来世。玉英也辞别养母而去，不久病逝。姚玉兰住进杜月笙购买的辣斐德路一栋楼房里，从此不再演出，成为杜月笙掌上玩物。她又知道母亲削发为尼，玉英因病而故，此中怨情，无处诉说。而对杜月笙不得不殷勤侍候，对外是杜月笙四太太名分，虽光彩也被人奚落。好在来了孟小冬，替代自己，落得退位。如今杜月笙一死，一了百了。她决定脱离被困三十年的杜家，重获新生，另外嫁人，向世人表示自己与杜月笙无爱无缘。

孟小冬听后，相抱哭泣。她们决定离开这牢笼一般的基尼地道的房屋。孟小冬另外租屋虽小，屋宽勿如心宽，地点偏僻、冷静、无人来往。她摆脱杜月笙小妾的名分，单身一人，独自生活。她丢弃原来那套华丽的家具，小屋里布置朴实简单，墙上依旧挂着胡琴，那张《武家坡》的剧照，不单是她饰演的薛平贵一人，而是将一直"折在背面的梅兰芳"重又捋平，成为两个人的合影。她平时，忌默默回想过去"一段情"的难忘情境，轻声练唱余叔岩教她的余派唱腔。最后，也总是眼望着那张《武家坡》剧照，自拉自唱。现在和过去不同，唱了导板，还继续唱原板。她多么希望自己和梅兰芳的热恋，不是一开头就完，而是能继续，虽然渺茫，却多么期望啊！

自后，她在报纸上看到梅兰芳任中国戏曲研究院院长、中国文联副主席等高级职位，从内心深处为梅兰芳高兴，甚至懊悔自己不该离开解放区，跟随杜月笙到香港，成为被人耻笑的大亨姨太太。虽然留在北京或上海，也不能和梅兰芳一起生活，同台演出，但只要走近一些，靠拢一步，看梅兰芳等的演出，感到欣慰，也是"一段情"的继续。孟小冬在喜悦和期待中度过孤独生活。不料，到1961年8月，传来梅兰芳因病逝世的噩耗，她真是惊慌失色，扑在那张《武家坡》剧照上，放声恸哭。从此期望变成绝望，"一段情"的继续也就断绝。几度想自尽，可是她看到那把胡琴，想起她还要传播余派艺术，这是她活着的唯一使命。她必须振作起来，自己已无法登台，想招学生教学，让余派戏能重登舞台。

后来孟小冬到台湾，因自己已经不是杜月笙的未亡人，不去杜月笙的坟墓吊唁，也不和杜门后裔，以及徒子徒孙联系，单独一人栖居在台南一个小城市里，那里依山傍水，六根清净，邻居们都不知道这位年过花甲的老妇人就是当年红极一时的坤伶"冬皇"。她自己也不出头露面，自称孟家妈妈。唯一一名女仆，料理家务。她每晨早起，吊嗓子练功，甚至放声高歌《游龙戏凤》《空城计》《卧龙吊孝》《搜孤救孤》等余派绝唱。她不再去想自己曾是杜家牢笼里的金丝鸟，鸟笼已毁，金丝鸟也已自由飞出。现在唯一值得自己记住的是教导她成为"冬皇"的余叔岩。她时时刻刻想起她的余师，日日夜夜回忆余老师身患膀胱癌，却忍受火灸般剧痛，一字一句教她唱，又勉强站起来，乏力的身体，倚靠着孟小冬，一招一式教孟小冬的动作。余叔岩大汗淋漓，孟小冬热泪盈眶。余派嫡传的孟小冬，承传余老师的衣钵，应该使余派唱腔传播人世，不该因自己告别舞台而使余派因此湮灭。她有责任，也是使命，将余派唱腔继承下来。于是她与三五知己商议，决定招收学生，免费教学余派唱腔。不出一日，两三男女青年慕名来报名，已是人生晚年的孟小冬，每天在开课前夜，戴上老花镜，将自己保存的剧目唱词，一字一句誊写几份。第二天，学生来到，她不计酬劳，不畏辛劳，像过去的余叔岩教学自己那样，一字一句一腔一调，反反复复，唱了又唱，在她的严格要求和不辞辛劳的教导下，学生们都唱得有模有样。他们还将孟小冬的余派唱腔录音，制成音盒。学生都约略知道这位孟老师的经历，可是她只字不提，好像她没有过去，过去只在她梦中。

　　1977 年 5 月 25 日，孟小冬病逝，享年七十。她带走了一生坎坷的悲欢命运，与世诀别；可是她继承余派，使余派艺术流传下去，是保存中华民族文化精华的卓越功臣。

我生命中的三个爱人

杨沫

　　悲剧结束了。后面的生活是幸还是不幸呢？我就像那个喀秋莎——后来的玛丝洛娃。怀了孕被情人抛弃了。但我倔强、好读书、有理想。在旧社会，我没有被暴风雪卷走，我没有像喀秋莎那样走上堕落的路。

如烟的往事（一）①

一件往事，我要把它记下来。

1969 年初准备坐牢时，脑子里曾常常浮现出许多奇怪的想法。不知怎的，我忽然想起《复活》中的玛丝洛娃——当想到她时，一件悲惨的往事窜上心头。它激励着我写出来。

那时，我才 18 岁。

1931 年夏，不能上学了。我去河北省香河县教书时，认识了玄。他是北京大学国文系的学生。从此，我们相爱了。

这一年冬，母亲病重，把我从香河县叫回北平来。

———————————

① 此文是杨沫对自己第一任丈夫张中行的忆文。

我不大照顾垂危的母亲，却成天去找玄，形影难离地在他住的公寓小屋里热恋着。两三个月后，母亲去世了，父亲有外遇，不管家。在我们那个家穷困得即将解体的时候，我发现我怀了孕。当我把这个消息告诉我初恋的玄时，我以为他会高兴我们已经有了爱的结晶。谁知——那可悲的、不堪回首的日子开始了，听说我怀了孕，他突然变了，变得那么冷漠无情。我常去找他的那间公寓小屋，已经没有一丝温暖的热气，只有冷冰冰、愁郁郁的面孔等待着我。

天呵，这对于一个只有十七八岁的女孩子，是何等沉重的打击呵！他农村的家中有妻子，这对当时深受"五四"思想影响的我，并不大在乎，因为那是包办婚姻，他们之间没有爱情。可是，也许怕负什么责任吧？这个玄，因为我怀了孕，就无声地抛弃了我。当时的我，既没有父母，又缺乏其他亲人的照顾，真是走投无路啊！可是，我是个纯真、倔强、多情而又软弱的人。当时，不知从灵魂的哪个窍里，我冒出了一股倔强之气——对于这个负心的人，我没有说过一句责备他的话。他还写诗向我叙说他的心情呢。至今，还记得这么两句：

> 黄叶已随秋风去，
>
> 此生不复见花红。

　　好像我把他的前途葬送了似的，从此，我默默地忍受着揪心的痛苦，不再去找他。

　　翌年初，为了给母亲出殡（当时母亲的棺材就停在她的住屋里两三个月。每天我就伴着棺材流泪）。舅舅带我到热河省滦平县去卖父母的土地。卖了一些钱回到北平，除了给母亲出殡，我们姐妹三个每人还分得一点卖地的钱。此时已入夏，我一个没有结婚的女孩子，怎好住在家里见亲戚朋友？还是因为爱那个人的缘故吧？我悄悄搬到靠近他的一个小公寓里去住了。一个人挺着一个快要临产的大肚子，孤零零地过活。他知道了我的住处，有时，在傍晚时候也来看我一下。他什么话也不说，好像我肚子里的孩子不是他的。我呢，也什么话都不说。我暗暗下定决心：用卖地的那点钱独自生活；独自等待孩子生下来；以后独自抚养这个孩子……我决不乞求他的任何帮助，也不要他负担任何责任。

夜晚，常常眼泪流湿了枕头。但白天见到他时，我安详地简单地和他谈上几句话——没有一句悲愤、怨恨的话从我的嘴里流出来。常见他那高高的个子默默地走进我的屋里来，不一会儿，又见他那瘦长的身影无声地走出屋外。他走了，望着他的背影，在黄昏的暮色中，我不禁泪如泉涌……

我不能在北平城里生孩子。我到了北平附近的小汤山，住在三妹的奶妈家里，决定在他们家里生。这样既可保住秘密，又可在生产后就地找个奶妈哺养孩子。

临产前几天，三妹的奶爹李洪安从北平城里雇了一辆人力车把我接了去。我那个情人，眼见我一个人大腹便便地去生孩子了，却连送我一程的意思都没有。好狠心的人呵！

1932年的七八月间，在一个乡下产婆的照料下，我受了好大的罪，好不容易把孩子生了下来。这是个男孩，生下几天，就把他送到预先已找妥的奶母——一位姓葛的农民家里去寄养。孩子安置好了，我住的那一带村庄正流行霍乱，每天死人。产后12天，我就雇头毛驴，仍由李洪安把我送回北京城里来。

我爱我的儿子，由于他命运的悲苦，我给他取名萍。但我当时只有 18 岁，我必须生活下去，奋斗下去，只得狠心扔下了这个似乎没有父亲的孩子。

回到北平后，在家中养了一阵，逐渐恢复了健康。这个时候，最困难的时期过去了，没有叫那个人花费一文钱，孩子得到了安置。而我呢，又是一个年轻的、并不难看的女孩子。于是，那个人的爱情又上来了，而且很炽热。而这时，那个倔强的我消失了；一个多情的、软弱的灵魂又回到我身上来。

因为我还在爱他，一点也不知恨他。从这以后，我才和他公开同居，成为他的妻子，同住在沙滩一带的小公寓里。给他做饭、洗衣、缝缝补补地一起过了 5 年的穷日子。

我的儿子萍，我们艰难地抚养着他（*每月给奶母家十元左右的钱*）。有一天，奶爹突然来找我们说，孩子病了，叫我们去看看。我急忙买了药，还买了一只很漂亮的皮老虎，我和他一同到小汤山去看萍。当黄昏时分，刚走进葛家的小院，我几乎晕倒——一具小棺材高高地架在院子里，我的儿子死了！好不容易生下来，活了一岁半的萍患白喉病死了！我倒在葛家的炕上哭了一夜。而那个人呢，似乎减去了沉重的负担，稳稳地睡了一夜。

为纪念萍，我曾写过一首拙劣而挚情的旧体诗，至今还记得这样四句：

> 买来皮老虎，
> 儿已入黄土。
> 黄土太无情，
> 永隔阴阳路。

我这段经历，多么像托尔斯泰的《复活》中的某些情节。我就像那个喀秋莎——后来的玛丝洛娃。怀了孕被情人抛弃了。但我倔强、好读书、有理想。在旧社会，我没有被暴风雪卷走，我没有像喀秋莎那样走上堕落的路。

我写出这段从没有向任何人讲过的往事。我不怕有人讪笑我"浪漫""痴情""傻"，或者"放荡"……总之，事情就是这样，我的生活就是这样。我愿写出来，愿人知道我的真实面目。以免我有个意外，这种曾经使我陷入绝境的生活也跟着泯灭了。

我喜欢卢梭的诚实，敢于坦露他一生的真实面目。因此，我写下了这段我初入社会时的悲剧。回顾一生，命运对我并不宽厚。

悲剧结束了。后面的生活是幸还是不幸呢?

如烟的往事（二）

一

尽管往事逝去了几十年，然而我和他在沙滩小公寓里的那段生活，至今印象仍然鲜活、深刻，记下来也算一生中的片断或鳞爪吧。

我找不到工作，没有经济收入，只靠他家中寄给他的少许饭费、学杂费来维持两个人的生活，其拮据贫困可知。公寓里两间小屋一共十二三平方米，里面是卧室，除了一床一小桌什么也没有。外面的小屋做饭、吃饭，狭窄得将将能转过身来。可有一阵我们是幸福的，每天清早他早饭都不吃，就夹着书包，或上课或上图书馆里去。我起床后，把小屋简单地收拾一下，铺床叠被、打扫房间，然后吃点剩下的馒头，喝点暖壶里的剩水，就开始看各种书。我从小喜读书，尤其喜读抒情的小说和占诗。跟他好，也因为他用功，有旧文学底子，又读过各式各样门类的书，懂得多，常滔滔向我讲述他读过的书的内容，我觉得他有学问，佩服他，像我的老师。自家庭生变，中途从温泉女中辍学后，遇上他，靠他继续帮我在北大图书馆借书读。每天买菜、做饭、洗衣等家务完了，我就一个人静静地坐在小桌前读书。累了，偶尔也去找房东太太或邻居大学生的爱人一起闲聊。那日子平静、安谧、和融。夏天没衣服穿了，我就到街上布店花上几角钱扯上几尺花布，自己给自己缝件旗袍。虽然针线拙劣，剪裁也不好，但练习了针线，像个女人。

我忘掉了他在我怀上萍儿以后打算遗弃我的绝情，我觉得能和自己爱着的人一起生活是幸福的，尽管物质上异常困窘。每个寒冷的冬天真难过。为了节省煤球，每天做过晚饭，火炉就熄灭了。夜晚朔风怒号，小屋里像冰窖，我们只得早早钻入被窝。早晨起来，洗脸盆水结成了冰坨坨，墨水瓶也结了冰，可我就这样瑟缩在被子里看书。直到上午十点了，为了做饭，我才在院子里用劈柴和煤球把小火炉生起来，没钱买烟筒，只能等火炉生旺了，才端进屋里来。快 11 点了，就开始做极简单的饭，买一毛钱的猪肉吃两顿；有时一天连一点肉都没有，就吃点青菜就烙饼或窝窝头。日子苦，却别有一番甜味道。

二

1933 年春节，他回家和父母团圆去了，剩下我一个人孤零零的，就到妹妹白杨住的公寓里去找她。妹妹这时正在北平演话剧，和一同演过电影《故宫新怨》的演员刘莉影住在一起。刘是东北人，这天她们的房里聚集了八九个人，多是东北的流亡青年。"九一八"日本人侵占了东北三省，爱国的知识青年们不甘当亡国奴，纷纷来到北平或各地，过起流亡生活。这天使我这个闭塞的、少与外界接触的"家庭妇女"大开眼界。他们悄声地唱救亡歌曲，一曲"我的家在东北松花江上"，唱得大家落泪纷纷。我在一旁也哭了。他们还热烈谈论反对蒋介石的不抵抗主义，反对他的"先安内、后攘外"的政策。我傻头傻脑地呆坐在一旁，看着烛火闪闪，杯盘交错，看着一张张年轻英俊的脸上，闪烁着激动的红光，我似乎有些麻木的心，蓦然被掀动了！仿佛一个美丽动人的梦境氤氲在我的周围。我快活，又有些悲伤。因为我常看报，我也在为祖国的危亡担心，但我只是心里有这么点意思。和他，我们沉湎在家庭的温情中，从不谈国家大事。

这个夜晚，在爆竹的噼啪声中，我度过了一个不寻常的决定了我终身走向的极有意义的年。刘莉影向我讲解苏联和苏联妇女的解放生活，陆万美、张子杰，还有许多人（如后来成为烈士的许晴）都先后向我讲解必须抵抗日本的道理，接着就介绍我该读些什么书，并有人给我列出了几本马列主义的书名。我不知为什么，心头竟是那样的喜悦、兴奋，虽然是第一次见到这些人，可是却像遇到了熟悉的朋友，我在妹妹和刘莉影的公寓里，和这些朋友一起玩了一个通宵，也谈了一个通宵。

第二天，陆万美（二三十年代的女作家陆晶清的弟弟，当时正在北平法学院读书）果然给我送了书来。三天后我回到自己冷清的小屋里，一头倒在床上，竟那么着迷地津津有味地读起那些枯燥的谈论革命道理的书籍来。

过了年十多天后，他从家中回来了，见我正手捧一本《怎样研究马克思主义》的书在读，他奇怪地瞪视着我，好像我是个不认识的人，半天才说：

"你怎么看起这些书来了？这书是从哪里弄来的？"

我已记不清当时怎么回答他的，但我神采飞扬，精神奕奕，过了半天，自得地回敬他：

"这些书读不得么？……你不能干涉我的自由！"

他愣住了，似乎一缕愁容（也许是怒容）浮上他的嘴角。

从此，我常常去找那些朋友，常常借来各种书阅读。大部头的《资本论》《辩证法唯物论》《哲学之贫困》《马克思传》等我都借来了，我如饥似渴地读着，虽然许多地方全不懂，可不懂也啃。接着我又读起苏联小说，《铁流》《毁灭》《士敏土》，高尔基的《母亲》和他的三部曲等等。这些对于革命者的形象的描绘，这些饱含着人生哲理和理想的启迪，使我的眼睛明亮了，心头升腾起一种从未有过的激情，过去由于生活的坎坷，社会的黑暗，我曾经向往过死，我悲观厌世。和他一起生活，稍稍抚慰了受伤的心，然而我仍然沉默寡言，很少从愉之色。读了这些书，交了这些进步朋友后，我变了，他在家时，常常惊异地望着我，像看个陌生人，多次诘问我：

"默，你是怎么回事呀？怎么变得我都不认识了，有什么喜事叫你成天这么高兴？"

我摇晃着脑袋，笑嘻嘻地回答：

"我是有大喜事！因为我懂得了人生……"

"懂得了人生？就是你读的那些书，叫你懂得了人生？你是在做庄周的蝴蝶梦？还是拿到了堂·吉诃德的长矛？"

他的讥讽使我恼火，他的态度使我觉得他越来越不理解我。1933年北平的白色恐怖异常严重，后来他甚至忧虑地警告我说：

"你不怕么？一顶红帽子往你头上一戴，要杀头的呀！"

我——初生的犊儿不怕虎，他说这些更加惹恼了我，我回敬他：

"我不怕，谁像你胆小鬼！"

三

我们的和睦，我们的融洽，渐渐消失了。我们温馨的小屋，变得寒气袭人了。原来对他无话不说的情况也变了。我去找什么朋友不敢告诉他，我读一些书，也设法背着他，我想跟他谈谈我的思想，也想劝他关心祖国的大事，但他根本瞧不起我这个初中还没有毕业的小学生。一谈话，总是话不投机，于是不知从哪一刻起，我们的心疏远起来。

欢乐消失了，日子变得暗淡沉闷，我的心也感到沉重和痛苦。有时我到进步的妹妹那儿向她倾诉心中的苦闷：她劝我说：

"大姐，离开他！这样的老夫子有什么可爱？况且他家中还有妻子……"

可是，感情脆弱的我，虽然感到他身上的缺欠，对他不满，可他还在爱着我，在心的某个角落，我也还爱着他，我不忍心离开他，也没有勇气离开那个熟悉的小屋。我讪讪地回答妹妹："你不知道爱情这件事儿是奇怪的，我讨厌他，我又爱着他，不能离开他……"妹妹凝视着我，长长地叹着气说：

"怅姐，你真软弱，你看他成天钻在古书堆里，一个书虫子，还成天戴着礼帽、穿着长袍，一副酸溜溜的样子，有什么可爱的！？要不要我给你介绍一个可爱的人？"

我打了妹妹一下，苦笑着，说不出什么。

我继续和他一起生活下来，很苦。时时想找工作，不想依靠他来养活。我当过家庭教师、书店店员，还在定县铁路员工子弟小学当过小学教师，但都时间不长，最多干几个月就又失业了。没事的时候，我依旧贪婪地读着各种书，有时忘了给他做饭。他中午回来，一看饭没有做，再看我又在捧着一本《反杜林论》阅读，一气夺过我手中的书，扔在一边，含着讥讽吼道：

"马克思的大弟子！既然这么革命，怎么不下煤窑去呵？"

我气极了，和他争吵起来，想起妹妹的话，我真恨自己软弱，忍不住痛哭流涕。

他见我真的难过了，又哄起我来，温存地抱着我的肩头说：

"默，原谅我，我多么爱你，你是知道的……"

我挣脱他，哽咽着说：

"你不爱我，你不理解我！"

我口里这么说，实际上又被他的爱情感动了。1933年"长城抗战"时，我和舅舅去古北口外的滦平县去讨佃户拖欠的购买土地的欠款，因吉鸿昌将军在长城一带抵抗日寇的进攻，交通断绝，我一时回不了北平，他急坏了，成日热锅上的蚂蚁似的等待、企盼着我回来。他还写了一篇散文登在报纸上，什么题目已经忘了，可那篇怀念我的散文写得极精致、极有情。文中描绘，一只小狸猫轻轻在窗台上一跳，他就惊喜地以为我回来了……我回来后，发现他真的瘦了，憔悴了，再读了他那文章，我感动得哭了。初恋的情是深的，撼动它不易，抛弃它更不易，从1933年到1936年分手前，我们不断争吵，他经常刺激我、讥讽我。我有件母亲遗留下的翻毛皮大衣，有时穿在身上，他看着那闪闪发光的毛色，好像无意中又来了一句：

"这衣服是布尔乔亚（资产阶级）小姐穿的，怎么却穿在普罗列塔利亚（无产阶级）的身上了？"

我知道"道不同不相为谋"，我知道我终究会和他分手。但越是这样想，我就越珍惜和他相处的日子。我依旧给他做饭、洗衣、补破袜子。

四

玄有一个通县师范的同学盟兄弟贾汇川，在乡间教小学，寒暑假时间到北平来就住在我们家里。认识他不久，我就认识贾汇川，我们都叫他贾大哥。他原是地下党员，因白色恐怖和党失掉了联系。他看我是个纯朴的、要求上进的青年，就常常向我讲些革命的抗日的道理，是他奠定了我在1933年的旧历年夜能够迅速接受那些进步青年教诲的基础。1933年下半年，北平宪兵三团活动越发猖獗，大批抓捕共产党员和进步青年，我在大年夜认识的青年们，有的被捕，有的不知去向，妹妹也到南方演戏去了。我想找的朋友一个也找不到，我好苦闷，好苦闷。记得1934年的暑假，贾大哥来到北平，但这次没住我家。我去他住的公寓看他，问他为什么不住在我们那里了？他说："你没看出你那位的态度么？他不愿意你接近我，当然是怕我把你引'坏'了。"

"不管他！贾大哥，我还是想请你帮助我，我要参加共产党，你能够介绍我么？"

贾大哥望着我沉默良久，"你怎么想到这个问题？是真心实意么？……你看，白色恐怖多严重……"

我急得眼泪都流出来了，"贾大哥，我看了许多书，我是真心真意地想参加共产党呀！你一定介绍我，我不怕死！"

贾大哥像哄小妹妹般哄着我，安慰我：

"君默，我也正在找党，找到了，会介绍你的。你还要认真改变你那地主家庭给你的影响，要学会吃苦，要多接近下层群众。"

"贾大哥，我和他一起生活很痛苦，可又没有决心离开他。我该怎么办好呢？"

"我看你现在还是要好好跟他过。他是个非常用功的人，人也不错，不要以为我和他是拜把兄弟，向着他。今天的妇女找工作不易，你虽然不愿过那种依附男人的生活，可现在离开他，你的生活也成问题。"

贾大哥的话句句是实，我却固执地说："我能参加共产党，就有出路了。贾大哥你一定介绍我参加吧！什么苦生活我都不怕，我日夜都想着参加党。"我傻傻地说着，竟眼泪汪汪了。

这个暑假，我不知找了几次贾大哥，问他找到党没有？蘑菇、乞求他介绍我入党。一股天真的热流，一种充满幻想的憧憬，竟使我忘掉了不幸的现实，忘掉了白色恐怖，也毫不理会他对我的怀疑甚至监视。

五

1936年春，寒假终了，我又一次由玄介绍到他哥哥当教育局长的香河县去教小学。这时他已从北大毕业，在天津南开中学教书。我随他搬到天津，虽然他有了工资，我们生活条件好了些，可是，我仍然在各处求职，总想做个自食其力的人。他拗不过我，我终于第二次又去香河县教书。这第二次去香河，掀起了我一生中巨大的波澜，从此命运把我卷入奇异的充满青春浪漫气息的硝烟战火中去。

贾汇川和我同在香河小学教书，这一天突然有个陌生青年来找他。我有点奇怪，来的是什么人呢？要是个革命的人该多好。不一会儿贾大哥悄悄来到我屋里，轻声对我说，马五江从北平投奔他来，因为昨天和马同住一室的人遇到叛徒，被国民党逮捕走了，幸亏他不在屋，没被捕，就急忙跑到香河来找他——想在这儿找个暂时存身的地方。

"马五江？——马五江来找你了？！"我惊喜得几乎跳起来，一把抓住贾大哥的手，拉他立刻要到他屋里去见那个陌生的马五江。

贾大哥按住我，"你急什么？我要先把你们的情况互相介绍一下，你们才好见面呀。"

"不，我早就听你说过他，我了解他，你们一起在平西斋堂和良乡一带搞过地下工作。他挺革命的，这下能够遇到他，我太高兴了！贾大哥，带我去看他！"

贾大哥见我那副天真幼稚的憨态，那副火燎眉毛的急样儿，宽厚地笑着拍拍我的肩膀：

"等一等，我立刻把他带来见你。"

马五江高高的个子，宽宽的肩膀，大大的眼睛，五官端正，神态安详，一见他我就像见了多年未见的好朋友。

必须先给他找个安身的地方，否则一个闲人住到贾大哥房里会引起人们注意的。贾大哥把这个任务给了我。我呢，我只有求他的哥哥县教育局长去。开始他哥哥怎么也不答应，说县里各村的小学教师全满了，没法安插。我说这个人是我的中学老师，我上中学交不起饭费时，他接济过我，是我的恩人，现在他逃婚到这里，无论如何也请给他安排个教书的地方。这位大伯子局长瞪着我，一副凛然，冷漠的或者说是怀疑的神情，怎么也不肯答应。我急得眼泪几乎掉下来也没用。突然我翻了脸，狠狠地说，"什么亲戚！还不如路人呢！看你怎么对得起你的弟弟！"

这样一来，局长才答应给马五江安排工作。我好不欢喜。

马还没找到工作时的课余时间，时常来到我的房间，给我讲形势，和我谈必须读的书，还教会我当时左倾青年都喜欢学的拉丁化新文字，几年的苦闷突然冰释了许多。短短几天的交往中，他便理解我，信任我。就在几天后，利用放春假期间，他给了我一个任务，叫我回北平去找他的战友侯薪，向他了解那个被捕同志的情况，还有，是否还有人受到牵连。我像个初次出征的小战士，扛着无形的枪，神采奕奕勇气十足地出发了。初生的犊儿，我不知恐惧，也没有任何顾虑地拿着他的信，找到了侯薪。和侯薪秘密地接触三四次，了解了情况，高高兴兴地匆忙返回香河来向马复命。可是，他已不在了，被那位局长哥哥派到远离县城五六十里的一个村庄去教书了。我给他带来了一些好消息，那被捕的同志，在诱骗敌人去帮他们捕人时，设法逃脱了；敌人并没有发现马的身份，他仍可以回北平去。可是怎么告知马五江呢？就在这时，天津的他突然找我来了，他哭丧着脸，立刻叫我和他回天津去。

"为什么叫我回去？我在香河还没有教上两个月的书，好不容易有个职业，你又叫我回去给你洗衣做饭陪你睡觉吗？我不干！我不回去！"我怒不可遏，我气恼异常，我知道玄的哥哥给我告了密。好像我已经和马五江有什么不光彩的事儿，真是以小人之心度君子之腹。

他情思绵绵地哀告我，求我跟他回去，说他挣的钱足够两个人生活，何必劳劳碌碌当个孩子王，而且劳燕分飞。我的倔劲上来了，任他怎么说，我坚决不肯回去。僵持了两三天，县教育局的命令下来了，我被解雇了。我又一次失业了。有什么话可说，无路可走，乖乖地跟他回了天津。

六

遇见了马五江，像暗夜中瞥见了一束耀眼的光亮，我又有了1933年年夜之后的那种勃勃情怀，又充满了青春幻想。通过贾大哥我知道马已回到北平，于是和他开始用新文字通起信来。马五江看我确是一个不大一般的女孩，确实有追求革命的理想，在给我的信中倍加鼓励，且蕴含着诚挚的友谊。我当时虽恼恨玄干涉我的自由，限制我的行动，然而，他还在爱我，我还是难于割舍他。

有一次马五江的来信被玄发现了，他是不许我和马五江来往的；而我们竟偷偷地不断地通起信来，他不禁大怒，一脚踢翻了屋中火炉上的蒸锅，弄得满屋满地滚着馒头，水漫金山。

我发觉自己不能再这样下去了。我哭了一场，当天下午，找到我的小学同学史瑞春，向她借了几元路费，立即回到北平我的哥嫂家，不想再回天津去。谁知没过几天他又追了来，眼泪、情话，看他那么痛苦，我又跟他回到天津那可怜的小屋中去。

这时我和马五江已经有了感情，我无法跟他公开通信，就由史瑞春替我们秘密传书，在一封信中，他竟说了这样的话："君默（我当时的名字），我们的关系可以超过同志关系么？"看了这句话，我的心狂跳起来，感到了异样的甘甜。而这时的玄，对我更加严束起来。我只有在心中默默念着："道不同不相与谋""道不同不相与谋"……我恨自己软弱，明明知道和他生活下去，我只能做一个温顺的妻子，一辈子给他做饭洗衣生孩子。我们第一个孩子已经死了，这时，我又怀了第二个孩子。不，不！绝不能这样活下去，不能这样活下去！他会毁掉我的一生的！

终于有一天，我又偷偷逃回了北平，接着给玄去了要求断绝关系的信。这次，他不再追了来，也不回信。不久，放了暑假，他到北平来了，一天到我哥哥家来找我，终于同意和我分手了。从此结束了我们五年的幸与不幸的生活。

附　记

历史有时真会和人开玩笑，那样地"无巧不成书"，颠颠倒倒地令人眼花缭乱。

我早已忘掉了的他，在文化大革命中又出现了。而且还扮演了一个颇为道德的角色。

专案组里有人告诉我，为调查我的问题，他们找到了他。调查的人以为他会恨我（因为思想不合，是我抛弃他的），一定会说出我的什么"反动"历史来。可是，调查的人失望了。他在本单位原已压力很大的情况下，又顶住了调查我的压力，他说了真话：

"那时候，我不革命，杨沫是革命的。"

无论怎么压——我想象得出，他们对他的压力会比对贾大哥的压力还要沉重。但他绝不改口。他总是这两句话："那时候，我不革命，杨沫是革命的。"

听到专案组的同志这样告诉我时，我对他肃然起敬了。千钧压力他顶住了，我默默地、激动地想：人是一种多么复杂的动物呵！美中有丑，丑中有美，恩中有怨，怨中有恩，但愿他美美地生活下去。他有学问，是会有成就地美美地生活下去的。

生死离别①

一

他走了，和我共同生活了将近50年的他，突然去世了！无处没有他的痕迹——他的那么多的书籍、他的简朴的被褥、他经常坐着写书的藤椅；处处都可以感觉到他的气息，看到他花白的头深夜不倦地埋在书本中……可是物在人亡，他再也不会回到我们整整居住了25年的柳荫街29号的小四合院了……

他去世后，在某些令人感叹的家庭纠纷中，在我不得不很快又拿起笔来投入写作的空隙里，我仍然不能不被缅怀往事的悲伤拥塞心头。

---

① 此文写的是杨沫对第二任丈夫马建民的回忆。

他年轻、英俊，他有一颗忠于革命的心。我快要生孩子了，为了照顾我，他在我哥嫂居住的小院中，租了一间小东屋。他此时在北平《世界日报》社当一名小职员，每月不过 20 多元的工资。我没有任何收入，他节省再节省，为了我所处的境地。

白天，他在报社忙了一天，下班回来，陪伴我。他不多说感情上的话，却热衷于帮助我提高革命认识，向我讲说全国正在掀起的抗日高潮的形势。我爱听，我更加向往革命，向往自己能够成为一名共产党员，屡屡向他提出入党要求。他答应说，他在为我联系（**怎么联系法，我完全不知，也不愿问**）。我心头涌起无比的欢欣，几年期待的梦想，终于有可能实现了。大地忽然变成了一座美丽的大花园，我侧身躺在小炕上，整日徜徉在绚丽多姿的花丛中，被奇异的青春幻想陶醉着。

11 月间我生下了一个女孩，圆头圆脑，大大的眼睛，小小的鼻子，怪可爱的。白天嫂子照顾我，帮我侍弄孩子。晚上他来照顾我，像他自己的孩子一样喜爱她，抱她、给她换尿布、吻她的小脸蛋，每当看到这幅动人的挚情画面，我不禁感动得垂泪，一颗多么博大善良的心！没有封建意识，没有丝毫自私的打算。这时我常常想起当年那个北大学生，看我怀了孩子，怕负责任，立刻离我远去。如今，这还是他的孩子，他何处去了？为什么不可以稍尽父亲的责任，写封信问讯一下呢？……人啊人，人是多么地不同！

生活是困窘的，1936年妹妹演了电影《十字街头》出名后，经济上可以常接济我一点。但多了一个孩子，日子仍不好过。为了生活，也因为爱好，每当孩子熟睡的时候，我开始练习写小说。不会写，写不好。这时我正热忱地读鲁迅的作品，非常喜欢他的短篇小说朴素、简捷、深刻、隽永，竟有意无意地模仿起来。终于有一天在上海大型文学期刊《中流》上，刊出了我的短篇小说《浮尸》。人们说它有点儿鲁迅小说的味道。

有一阵我的写作不得不停顿下来。因为《世界日报》社的资本家，很会压榨小职员，他白天上了班要忙于许多许多杂务，拖着疲惫不堪的身体下班回家后，还要拿回8大版或12大版的当天报纸来。他还要负责一字一句校阅当日的报纸，找出其中的差错，如果找不出来，那位社长先生最后抽查时发现了，就要罚款，就要扣他微薄的工资。他实在弄不过来，我就替他当起最后的"编审"。我每天要仔仔细细认认真真去校阅这份已经发行过了的几大版报纸，甚至最枯燥无味的广告，也得逐字逐句地不放过一个错字。好艰苦的行当！幸亏我那时年轻、脑子快，除了侍弄孩子，我每日的时光也被资本家全部压榨去。

1936 年，北平被破坏殆尽的党组织，逐渐恢复。就在这年 12 月的一天，他忽然对我说：

"写个你出身、历史和你的志愿的材料吧。"

"写它做什么？"我还以为他替我找到职业了呢。

他忽闪着大大的眼睛，神秘地笑着："你总向我要求的是什么？""嗬，入党！是为了入党叫我写材料吗？"我的嘴张得大大的，欣喜若狂地笑起来。

12 月末我入党了。

他不断给我拿来党的文件看，他是我和党的唯一联系人。

为了帮助他工作，也为了我写作，我曾打算把可爱的女儿然然委托一位亲戚去喂养。这时然然已经三个多月，认识妈妈了。送她到亲戚家不过一天，晚上当我去看她时，她正在奶母怀中大哭着。奶母说，孩子一天了，不肯吃她一口奶，塞进奶头她就吐出来，她哭着睡着了，喂她奶还是不吃。听说孩子整整饿了一天，我好心痛，急忙给她喂起我的奶。她小手紧紧抚摸着我的胸怀，哭着、笑着贪婪地吸吮着妈妈的奶。我只得仍把她抱回来自己喂奶。

在紧张地抚育孩子、帮他工作的空隙，我仍抽时间写小说。1937 年前半年，上海大晚报"火炬"版上，先后发表了我的三个短篇。无论我做什么，他都热情支持。晚间他回来。一同吃过嫂嫂做的晚餐后（**我们和嫂嫂搭伙吃饭**），我们俩除了侍弄孩子，逗逗孩子，等孩子睡下后，就一同审阅那几大版报纸。生活苦些，可是我为能够找到一个理想的爱人，充分体会了什么是人间幸福。

二

1936 年西安事变后，人民抗日热情空前高涨，抗战浪潮不断涌起，他拿给我一些党的文件读，使我明白党的抗日民族统一政策的重要性，明白当时张学良、杨虎城逼蒋抗日、最后不杀蒋介石、放了蒋介石的必要性。虽然我一天到晚忙于孩子，也忙于借账典当为生活奔波，可心里却有一股喷涌欲出的激情。这时，他更加忙了。白天忙于那个小职员的工作以糊口，吃过晚饭他又要出去忙于党的工作，常常很晚才回来。这时，他常带些党员同志到家里来，有侯薪、刘亦瑜、魏十篇、张平之、齐健秋，还有刚从监狱放出来的我的朋友许晴和郑依平。这些老同志，虽然当时年纪并不老，不过20多岁，个个英姿勃勃，激情满怀。他们了解我，见了面，对我热情、信任，一起谈抗日形势，谈抗战前途，爱国之情加深了相互间的了解、信任。认识这些人使我异常喜悦。我常对他说：

"你认识的这些人真好！他们几乎都是刚从国民党监狱放出来的，仍然大谈革命，他们的心真非同一般……你成天这么忙，叫我也帮助你出去跑跑，好吗？"

看我一脸天真的憨态，他笑了，紧握着我的手说：

"默，我就喜欢你这股劲：天不怕，地不怕。你不知道外面仍在逮捕共产党吗？你有然然，我不能叫你出去冒险……"

"我不怕!"我的犟劲上来了,推搡着他,"请嫂子帮助我看孩子,我可以帮你去干,只要你一声令下。"

他含笑摇头,我却把嘴巴噘得老高。

1937年7月7日,卢沟桥炮声响了!日本帝国主义大举进攻中国,北平陷在硝烟战火中,整日炮声不停,人心惶惶。爱国青年纷纷组织各种抗日救亡组织,奔赴卢沟桥前线慰问、演出、救护伤员……他也更忙了。但他不肯分给我任何工作,我单枪匹马,又舍不得然然,只好成天在小屋里看书、看报、读文件。人身在屋中,心总往外跑。每天都盼着他早点回来,能够告诉我一些抗战消息,告诉我时局变化和党的英明政策……

在宛平县卢沟桥,我英勇抗战的29军,因蒋介石迟迟不派援军,渐渐不支了,佟麟阁、赵登禹将军都以身殉国了,北平危在旦夕。这时妹妹白杨为哥哥杨高岱找到一份上海同济大学的工作,他们一家即将赴沪。带着孩子的我,不愿留在即将沦陷的北平,决心暂时离开他,和哥嫂一家去上海。走时是七月二十二、三号,离北平失守不过七八天。

三

　　离别前，我们商定：我先去上海，他把北平的工作告一段落即去上海找我。新婚离别是痛苦的，离开生我养我的北平也是痛苦的，北平的沦陷更是痛苦。我忍着这些痛苦，和哥嫂一家同到上海妹妹的住所。没过几天安宁日子，上海"八一三"抗战也打起来了。整日炮声隆隆，情况也日益紧张。我日日企盼他来上海，也日日企盼他的信，可是不见人来，信也杳然，我好焦虑、好难过！日本人的特务是厉害的，他会不会被捕了？他会不会生病了？还是出了什么意外？抑或随着不愿当亡国奴的流浪大军浪迹天涯？……我猜测不出，忧心忡忡，度日如年。夜晚孩子睡了，我辗转反侧，思念的泪水悄悄涌流……

　　上海陷在战火中。枪炮声整日轰鸣。由于妹妹住在法租界内，还比较安静。那些日子我和妹妹曾在一家医院里每日午后学救护，以备一旦需要。午后，每当走过街头，看到那碧绿的一排排整齐的梧桐树，不知怎的我立刻想到他，假如这梧桐是他，他就矗立在我的面前，喃，我几步跑到树前，紧紧地抱着树身，面颊贴在树上，几乎想亲吻这树……

情况越发紧急，上海也即将失守，我们都不甘心留在敌人践踏的铁蹄下。可是出路在哪里？我到何处去找他？又到何处去安身呢？恰巧妹妹认识的艾思奇、李初梨同志要到延安去。我考虑之后，决心去延安。一日李初梨同志到妹妹家里来，我向他提出想去延安的要求。他问，你有组织关系吗？他把我问愣了。我说我是党员，可是，急匆匆离开北平，我又不懂得还要带组织关系这件事，所以没有……他考虑了一会儿回答我："你还是先不去的好。没有组织介绍，又有一个吃奶的婴儿，路上很难走的。"我失望了，我无可奈何。

就在这时，三妹和一些进步影人正在组织上海影人剧团到重庆去，接着哥哥一家随同济大学迁往金华。妹妹不忍心我独自留在无依无靠的上海，劝我和她同去重庆。我想，重庆可能是国民党的后方，我如去了那里，他无从知晓，我也更加没办法寻找他。从此，也许一生再也无缘相聚。不，不去重庆。可是，不去，我留在上海无职无业，无亲无敌，如何活下来？正在焦灼、忧虑、无奈中，忽然他的信来了！我用颤抖的手打开这难得的一封信。他说，北平沦亡后他给我写过许多封信，却没有收到过我一封回信。他想念我，十分惦念战火中的我和孩子……他说，他本来准备到上海来找我的，可是，火车已经被日寇强征去运送军队、军火。想坐轮船也被敌人封锁。他住在北平的小公寓里，有一次几乎被日本宪兵捕走。这时，大批爱国青年和学生纷纷设法逃离沦陷的北平，各寻救国道路。他和十几个河北同乡、同志联系一起，决定离开北平回故乡。他们步行到天津码头，找了一只私人小木船，沿着滹沱河向南而去。可是离开天津刚刚几十里路，船夫就露出狰狞面目，原来他们上了一条贼船。他们随身携带的财物，被抢掠一空，他的腰间还挨了一刀。他们十几个人一个不剩地被赶下船去……身无分文，蹚着大水，他们在齐腰深的水中互相扶着向冀中家乡艰难地走去。饿了乏了上岸找个村庄向农民讨点饭吃，借宿一夜。国破家亡，农民也对日寇恨之入骨，对落难的知识分子十分同情，无论到哪个村，全有村民送饭、送水、留宿。他们蹚了十几天的水，他的腰伤幸而不重，经过千辛万苦，终于各自回到自己的故乡——他现在在深泽县故城村的老家……看到这里，我长长地出了一口气，终于知道他的下落了！知道他在什么地方了！

他丝毫不知战乱中我在上海的情况，没敢说叫我马上回去找他。可是我立即下了决心，带着孩子回河北老家找他去！千里迢迢，无论路上遇到什么危险和艰辛，我也要去找他。

四

妹妹给了我路费。我把所有衣物全部托运了，包括我多年的日记和珍爱的照片，没有经验，还把一小部分钱也装在箱子里托运走，好像这样保险些。因为要抱着十个月的然然上路，我身边只带着一个简单的小包袱，装着孩子的尿布和衣服。傍晚一上火车，日寇的飞机就轮番轰炸。飞机一来，乘客纷纷跑下车伏在野外潮湿的土地上；飞机过去了，我们又上车。火车这样走走停停，停停走走，本来到南京七八小时的路程，竟走了24小时。

为了等行李，我只得住在南京车站附近的小店里。

第二天上午去车站取行李，突然惊人心魄的尖锐警报声响起，我刚抱着孩子走进车站大铁门里，大铁门就猛地关上了。飞啸的炸弹投在车站的周围，车站的地上地震似的上下震颤，被震碎的玻璃窗乒乒乓乓地溅落。一看车站随时可能被炸毁，人们纷纷趴在地上。我急忙伏身把孩子放在我身下，用我的身体护住她。心想，炸死我，也不要炸死孩子。可能这姿势太不舒服，孩子哇哇大哭。旁边几个口念阿弥陀佛、磕头如捣蒜的老太太，似乎怕飞机听见这哭声，竟纷纷骂起我来。我不回答，索性抱起孩子坐在一扇玻璃破碎的屋门前，豁出去等候命运的安排。飞机越炸越猛，周围到处是大火，是房倒屋塌的巨响和人们悲惨的号哭。不知哪个旅客不肯困在车站里等死，一下子打开了大铁门，伏身在地的旅客们，得救似的蜂拥着飞奔出车站，我也抱起孩子向车站外飞跑，跑到离车站不甚远的一条狭窄的小胡同里，跑不动了，就站在墙壁旁大口喘气。不一会儿，警报解除，我回到车站里去寻找我的东西，一包尿布还在，我的小手包却不见了，里面有一支我心爱的派克钢笔和盥洗用具，幸亏当紧张轰炸时，我灵机一动把包里的二十几元钱和行李证放到了我的衣兜里。

这是日寇对南京第一次大轰炸。我不敢等行李了，急匆匆渡江到浦口，好不容易才乘车北上。

沿途全是难民车，恐怖气氛弥漫了大江南北。难民有向南逃的，也有向北逃的，惶惶然东奔西突，不知中华大地哪儿有片安静的乐土。我一个人抱着孩子，坐在拥塞不堪几乎人叠人爬行似的火车上，经徐州，转陇海线，到郑州，历尽艰辛，火车终于像个醉汉蹒跚地到了石家庄。这时已是 9 月下旬，天气凉了，我穿着单衣，天又下雨，冻得瑟缩。可是，我心里好高兴！这儿已经离他家近了，离他近了。经过生死浩劫，我们又快相见了……在石家庄住了一夜小店，第二天坐汽车到旧城，这里离他家 40 里，他会派大车来接我的。可是 40 里的路程，汽车从清晨一直爬到半夜才到旧城。沿途败退溃散下来的国民党军队，抓夫、抓车，汽车不时遇到拦阻。司机、乘客向散兵游勇说尽好话，这才能前进一程，可是不久，又遇到了溃兵……

夜半我住在旧城一家破烂的小店里，求店主天明骑车给他家去送信，叫他家派辆大车来接我。

焦急地等到午后，来了两个扛着扁担的农民小伙，其中的一个农民就是他！我大吃一惊，这又黑又瘦、剃着光头的人竟是我日夜思念的他！他一见我也愣了，蓬头垢面，衣衫褴褛，怀抱一个脏兮兮的婴儿……他眼圈红了，低声问我：

"是从上海来的吗？没想到你能来……路上一定吃了许多苦吧？"

"能回到家，什么苦都没有了。你还在家，真好！我还怕你又到别处去了呢。"

"我在等你。我想，你如果接到我已回乡的信，你一定会回来的。"

我问怎么没套车来？同来的他的弟弟旭民说，"人马抓车，早都藏起来了。你们有多少东西，我们有两副扁担全挑得起来。"

我不禁笑了。我们什么也没有，只有两个活人，谁也挑不动我们。

五

我在他家过了两三个月颇像旧时代农村儿媳妇的

生活。深秋天短，天还不大亮我就早早爬下炕来烧火做饭——熬一大锅小米稀粥。婆婆也起来得早，她扫锅台、扫屋地，各处打扫干净，天大亮了，就把全家人喊起来洗脸吃早饭。我第一次过这样的生活——柴锅里舀出来的半铜盆开水，要洗一家人的手脸，最后洗的人只能在浑浊的泥水里涮涮算是洗过了手脸。婆婆人善良，却极节省也严厉。全家人除了她大儿子王江，谁都怕她。我看见半盆水一家八九口人洗手脸，实在难受，婆婆却振振有词地说：

"脏水不脏人。"

孩子和我几乎什么衣服都没有。婆婆时常挂在嘴边的一句话：

"你们娘俩光着屁股回来的。"我不生气，因为婆婆在热心地为我们扯布做衣服。这种生活是难忘的：每天夜晚在炕当中一个小木箱上放着一盏一个灯芯的小豆油灯，小姑秀端和我就围着这盏微弱的灯光缝起衣服来。先给孩子做棉裤，一条完了又一条，一气做了七八条。我说何必做这么多？婆婆颇有经验地说："屎娃娃短不了尿裤子，大冷天的，尿了，哪儿就干了？"老太太疼孙女的感情是感人的。可是要求我们特严格：棉絮絮得有厚有薄，老太太叫我们拆了重新絮；裤腰上得不好，叫我们拆了重做。每夜每夜都要做呀，缝呀，熬到夜半好累好烦！只有等到和衣睡在身边的婆婆一觉醒来，到院里去看看星星，回屋来说，"半夜了，你们歇去吧。"

一声令下，我和小姑像遇大赦般，赶快下炕回各自屋里去睡觉。

日子挺艰苦，每餐都是粗粮就着一点点腌菜，晚上又经常熬夜，这使我深深体会了农村媳妇的苦滋味。可我心里是甜的，因为可以和他长夜相守；况且他们一家都认为我的小女儿是他家的亲骨肉，疼她、爱她……

抗战烽火燃遍全国，救亡呼声震撼着中华大地。我们俩悄悄商量一同到延安去。可是保定失守，石家庄失守，交通断绝，没办法去。表面上我是个柔顺的儿媳妇，心里却时时都打算丢下孩子打日本去。他的想法自然和我一致。

1937 年 11 月，原国民党 53 军的吕正操将军为了坚决抗日，来到他的家乡冀中一带，在党的领导下成立了人民自卫军。这时，从大城市回乡的不少爱国青年，纷纷联合起来投奔人民自卫军去。我正要和他一起走，不巧孩子得了重病，我没走成，他先走了。

12月份孩子病好了，我也要走。婆婆拦不住我，因为狼烟四起，日本人随时会打来，人心惶惶，我留在家里也危险。这一天我终于扔下正在吃奶的孩子，跟着带路的旭民第一天走了70里，来到安国县城里找到他。从此，我告别了为妻做母的生活，走上了艰苦卓绝的战争道路。

六

逝去了40多年的战争岁月，有些淡忘了，有些模糊了，但在他逝世后，那么多、那么多的往事又清晰地浮上心头。50多年的共同生活中，他有伤我心的时侯，有使我痛苦失望的时候，但更多的时候是挚亲、是欢乐；是离别的思念，是助我成长的感谢之情。每当想到他筋疲力尽地回到家里，谆谆向我讲述张学良、杨虎城没有杀掉蒋介石的原因（当时我们都盼望杀掉蒋介石），听他的讲话比听他的情话更使我欣喜、激动。我庆幸自己能够找到这样一个可敬可爱的人，我时常不自禁地扔下怀里的孩子，抱住他的双肩说：

"民，（当时他已由马五江改名马建民）你真好！真好！要能早认识你几年，我会少受多少痛苦……"

"我们已经认识了，而且结合了，你还不满足吗？"

"满足，当然满足。要是一辈子我们都这样好，就好了。"

他沉默了，睁着大眼睛静静地望着我，没有说话。

他那样子使我有些惊奇，我摇晃着他矫健的身体诘问他：

"怎么？你以为我们不能好一辈子么？是——不——是，你以为我离开了那个人，以后也一定会离开你？"

他摇摇头低声说：

"默，你想得太多，你小资产阶级情调也太浓。也许有一天你发现比我更好的人，你也许——也要离开我……"

他不信任我，他以为我和他好是一时的冲动。他深深刺伤了我的心。我哭了，失声痛哭起来。他慌了，急忙哄我，向我道歉，说他不该这样想象我，不该说这些话。一场风雨过去，我终于原谅了他，然而在我的心底却被深深地戳了一个永远无法弥合的洞。在我们日后漫长的生活里，这个洞有时被幸福黏合得了无痕迹，有时，又被某些有形无形的矛盾揭破它，使它汩汩流血……

我们一起在战争的烽烟烈火中度过了八年抗战，又度过三年多的解放战争，十几年战斗生活，我们分别多、相聚少。在这翻天覆地的非常岁月，我的情感同我们许多同志的情感一样，都被磨炼得坚硬了。和他相聚我高兴，离别也有时想念，但见不到面，甚至长时间音讯杳然，我也不忧愁、不着急，更没有那种"独自守着窗儿怎生得黑"的万种闲愁。我们全副心灵都投入到随时可能丢掉性命的战斗中。极端残酷的生活，极端艰苦的日日夜夜，我们再也没有闲心去想个人、去想爱人孩子。只有在稍稍安定、稍稍空闲的间隙，蓦然涌上一股苦涩的思念——这时我们回到了人间、地上，心中跃动起思念亲人的情感。因为我们是人，我们也有母子和爱人之情啊！

抗战开始时期，冀中环境还比较安定，一些县城尚在我们手中。初次离开的思恋，常常使我感到苦恼，希望看见他、依偎他的那种苦恋，觉得日子长得无奈。有一次，约在1938年秋，我住在任邱青塔村，他出差到这个村，傍晚找到我，见了他我喜欢得心怦怦乱跳，抱住他问长问短。天不早了，我说，"你走了这么远的路该休息了，我到房东屋给你烧点水洗洗脚好吗？"

他摇摇头苦笑了一下，一副尴尬的神情：

"组织部长告诉我，咱们不能住在一起。"

我惊讶得几乎跳起来，皱着眉头问他：

"咱们是夫妻，离别这么久了，同住一个村子还不许夫妻同房？哪来的这种怪事？！"

"这是真的，"他沉着冷静地回答我，"组织部长说，咱们队伍里单身汉这么多，你们夫妻双双对对住在一起，会影响那些人的情绪……"

我心里很难过，我相信他也是难过的。为了不刺激那些光棍汉，我们忍痛分开了。他在这个村子住了三四天，我们牛郎织女，隔着银河天各一方三四天。好可笑的逻辑！那么什么时候才允许夫妻同住呢？难道要到等那些光棍汉都找到老婆才可以吗？

几个夜晚，我反复思考，解不开这个谜。

七

抗战中最残酷的 1941 年后，我遇到的危险——几乎被俘被害的情况记不清有多少次，他也遇到过比我更多的危险。我们大家常说的一句话："咱们脑袋都掖在裤腰带上。"可是，我和他一同遇到的危险情况却只有一次，而且是颇具戏剧性的一次。

1941 年的一个夏夜，我和他住到霸县狄庄一户有高墙的人家，他当时是霸县县长，两位警卫员睡在房顶上，一方面警惕敌人，一方面也凉爽。夜半时分，街门突然咚咚大响，警卫员从墙垛上向下一望，见是县大队的一个中队长，带着 20 多个弟兄在敲门。门一开，20 多名荷枪实弹的战士蜂拥而进，为首的中队长进到院里，就把马建民和他的警卫员团团围在当中，荷枪的战士紧紧包围着他们。我当时有病，那些人没叫我出屋。我坐在临窗小玻璃后面悄悄向外张望：形势不妙，他们好像说分区司令部派他们来捉他，为什么捉？我猜测不出。我心慌意乱地想，他是一个忠实尽责的党员，是广大群众热爱拥护的县长，县大队是归他领导的，司令部怎么会派他们来逮捕他？……正当这群人在院里交涉什么的时候，我噌地跳下炕来，径直向大门外跑。我暗想，地委书记、还有一些学习班的同志就住在对面的一座大院里，我必须赶快通知他们——一、告知他们有了情况，叫他们有所准备；二、也许他们能救出老马来。跑到大门外，两个荷枪守卫的战士不放我出去。我立刻装出一副病得要死的样子，弯着腰捂着肚子呻吟着，有气无力地说：

"同志，行行好，他们找马县长，没有找我，我在这院里吓得要命……同志，我害怕呀！叫我到对门房东家歇歇去吧！"

我的几句好话，我的一副可怜相，打动了战士，他们一挥手放我出了大门。那时根据地家家几乎夜不闭户，我几步过去推开了对面的大门，见了梯子，噔噔几下，像个矫健的小伙子爬到房上。果然不少学员东一个西一个都睡在房上，我急急喊醒他们，告知有情况。立刻跳过他们身边，穿房越脊，跃过两个院子，终于找到地委书记金城同志的住屋，向他汇报刚才发生的情况。他望着我沉吟了一会儿，沉重地说：

"情况是严重的。郭凤来一个中队长决不会擅自去捉县长；司令部更不会来捉他。很可能是大队长靳国梁叛变了要投敌，派他的中队来捉马建民……现在全县主要领导干部都很危险，要赶快派人出村给他们送信去。"

"老马怎么办？"我含泪问金城。

"杨沫，急没有用，这村没有部队，没办法救出他……看看情况的发展，我们也立刻派人去找司令部。"

惦记着他，我二话没说，又穿房越脊窜回我们俩住的那个人家。心里准备着，如果他被抓走，我也可能和他一起走。可是，到了那人家，他、警卫员还有捉他来的人全不见了。这年发大水，村外漫洼里一片汪洋，他们个个蹚着齐腰深的大水走了。我回到那院里时，他们走了快半个小时了。

我疲惫已极，正躺在炕上低声抽泣，金城派人找我，叫我立即转移别的村子去。

我只好立即收拾他留下的衣物，快快地转到离这村不远的村庄去。整整四天，好难熬的四天呵！他生死不明、去向不知，我只知道当夜大队政委张鸣禄同志也被用同样方法捉走了，县大队长叛变投敌是无疑了，可是他，他们的下落呢？难道他们已经被叛徒掳去霸县城里？

好心焦，好痛苦，好忧虑的四天。我不知自己是怎么过来的。忽然，喜从天降，忽然西方出了个红太阳，一个傍晚时分，他一瘸一拐地回到我的身边。

他告诉我，郭风米是奉叛变的大队长靳国梁之命来捉他的。但靳不敢对郭明说要叛变，却假传圣旨说奉司令部之命来捉他。他这人机警、明智，一听说司令部要捉他，他先问郭，捉到什么地方去？郭说到县城附近。他立即对郭晓以大义说，司令部驻在河西，离这儿有七八十里，而县城不过十几里路，绝不是到司令部去，很可能是靳国梁要叛变，把我们都带到县城里送给日本人，咱们是爱国的打日本的人，怎么能叛变去投降日本人？郭犹豫起来，不知怎么办好。他说，这样吧，既然司令部要抓我，咱们就奔司令部去问明情况，你也算完成了任务……郭风来同意了。他们蹚着大水走了一天一夜，找到司令部，当然揭穿了靳国梁的谎言，但是政委张鸣禄却被俘，被叛徒送到了城里……他刚回来，那些被骗到距城二三里村庄的大队战士，一看情况不对，都纷纷逃了回来。他的两个警卫员也先后逃回来了。最终靳国梁孤家寡人，只带着他的弟弟和两个随身保镖投降了敌人。

这个事件震动了全县，尤其百十位战士们英勇无畏地从敌人鼻子底下逃了回来，干部感动、部队感动、全县爱国群众尤为感动。连着几天敲锣打鼓送猪送羊犒劳大队战士。郭凤来成了英雄，升为大队长，只有政委张鸣禄，在敌人面前宁死不屈，英勇牺牲了。

这件事的前前后后差不多我都和他在一起。目睹大队战士无畏地热爱祖国，目睹群众的爱国热情和对他们县长的爱戴。我从极愁到极喜。常在屋里无人的时候悄悄问他：

"郭凤来是土匪出身，又是靳国梁的拜把兄弟，你能在那个极险恶的环境说服他背叛靳国梁去找司令部，可真不简单……你跟我仔细学学，到底怎么把他争取过来的？"

他用手指敲敲我的鼻子，带着神秘的笑容说：

"你呀，头脑简单，又缺少地下工作经验——以子之矛攻子之盾。郭凤来不当土匪，投奔了八路军，是个有爱国心的人，就利用他这个特点，给他分析形势，当了汉奸绝没好下场。反正他一路蹚水，一路还动摇，我就不停地做他的工作……总算做到司令部找到司令部，我的一颗心才算掉回腔子里。"

"我的好同志，好伴侣……"我望着他，心里喃喃呼唤着。

1993 年 10 月

夕阳无限好[1]

一

建民去世 4 年了，我整日不是忙于写作，就是陷于病的疾苦。虽然疲乏，空闲时也感到寂寞，但很少感到孤独。因为我心中拥塞着那么多要写的人物，他们不时跳入我的心头，我被吸引着好像姗姗走进另一个世界，现实生活离我反而遥远……

---

[1] 此文，是杨沫对第三任丈夫李蕴昌的忆文。

这是一个意外的现实：1989年4月的一天，维嘉（外甥女兼好友）来看我，闲聊时她忽然对我说：

"阿姨，你一个人太孤独了，虽有儿女，他们都很忙，顾不上陪伴你……我忽然想起老淡（即维嘉的爱人，确实姓淡）一个多年的朋友，对你很合适。他人很好，对死去的妻子过去病中照顾好极了，是个教授级高级工程师，名叫李蕴昌。你们如能结合，我觉得挺不错。"

这几年我形成这么一种看法：我已七十多岁，茫茫世界之大，如何能觅得一个彼此产生情感的人？又如何能排除周围人际的种种阻力或纠纷？而且人老了，多年形成的各自的生活习惯、思维、脾性；少年夫妻尚且难于白首偕老，何况两个陌生的老人。我可不找这个麻烦。所以，我从来没有打算再找伴侣。可是，维嘉这么一说，我的心活动了一下，因为我非常信赖维嘉的忠诚和对我真挚的关切。

"现在我写的《英华之歌》就快完稿了，等完了稿，我可以和他见见面。至于究竟怎么样，以后看情况再说。"

维嘉问我要多久才能完稿？我说大概一个多月吧。

维嘉走后，我几乎把这件事完全忘掉。因为想把《英华之歌》早日脱稿的紧迫感，使我顾不得其他。

可是维嘉却为这件事忙活开了：首先她要告诉老淡这件事，叫老淡出面找李谈，听维嘉后来告诉我，老淡也极赞成此事，他亲自找到李家和他谈我，介绍我，他说："杨沫什么都好，就是比你大了几岁。"老淡谈毕，维嘉仍不放心，又亲自给李打电话，详详细细地把我这个人介绍了一番。他回答说可以考虑见见面。

我忙了一个多月，即将把抄好的稿子最后校完时，维嘉来了电话。她又较详细地介绍了李的情况，说他是40年代燕京大学化学系毕业，和老淡很早就在一起工作。解放后，他们继续有来往，当老淡被冤枉下放劳动时，得了很重的痢疾，当时他无家可归，一些人都不敢接近他，李却毅然把老淡接到自己家里养病……听到李是这样的为人，我心动了。维嘉问我的稿子情况，说最近可以和李见面了么？我说可以了。于是约定在5月29日的下午，我和李都到维嘉家里吃晚饭。

二

这个下午我先到的。维嘉充当导演，叫我坐在沙发的西面，李坐在北面，这样离得不远不近地好谈话。一生中我还从未经过这样的场面，新奇、又有点忐忑。他是个什么样儿？能谈得来吗？虽然维嘉说这个人不错，可是，我懂得感情这东西不是做买卖，货真价实、双方同意，即可成交。因之，我怀着一种无所谓的试试看的态度。和维嘉闲谈了不一会儿，李蕴昌由老淡开门引进屋里来。

我看见了李，并和他轻轻握了一下手。这是个中等稍高的知识分子老头儿，白白的端正的脸上，一副极普通的白塑料框眼镜，身穿一件短袖白衬衣，下面是一条灰色单裤。朴素、简单，看起来却还洒脱、自然、矫健。他乍一见我，蓦然流露出一副惊奇的神色。后来我才得知他惊奇的原因，是因为我的相貌和我的年龄不大相符，我真的如维嘉所说长得年轻。

当维嘉夫妇去厨房做饭，我和他果真照导演所排定的位置面对面地谈了一阵儿话，因他惊奇地看我引起的不快渐渐消失了，我们的共同语言还很多，尤其当我知道他的家乡就是我在抗日战争当中常打游击的新城县白沟镇附近的高桥村，油然生出一种仿佛他乡遇故知的感情，我兴奋地向他谈起在他家乡打游击的一些惊险故事。当谈到一些我熟悉的村庄，他也熟悉时，我就更加高兴了。他十几岁以后才离开家乡到保定上中学，以后考入北平燕京大学。太平洋战争爆发后，学校迁到成都，他也跟到成都上完了大学，且在成都时参加了和地下党有联系的学生运动工作，现已离休。吃过维嘉准备的丰盛晚餐，大家一起又随便谈了一阵，他先走了。

第二天维嘉打来电话说，我走后，她立刻给李打电话，问他对我的印象如何？他回答说不错，不过他有二女一子，还需要和他们商量云云。

6月3日午后，我请他到我家吃晚饭，他来了。一见面他就对我说：

"你送我的《自由——我的日记》我用了一天一夜就读完了。"

"50多万字，你一天一夜就读完了？我不相信。"

于是他就向我说起书中的各种内容来。

看来，他是读了。遇到这么一位热心的读者，我又感到一丝欣慰。

饭后，天还亮着，我送他出北师大校门，我嘱咐他路上小心，他跨上自行车，轻捷地骑走了，这一瞬间，我突然感到他不像个老头儿。

三

从此20多天，他杳无音讯。

维嘉常来电话问我，李有消息吗？我说没有。她有些急了说，"这个人，他对我说，只要他喜欢的人，他什么都不会顾及，怎么又变卦了！"

我说，"没关系，这种事勉强不得，随他去。"

确实，见了两次面，还谈不上有多少感情，只不过对他印象不错，凭自己的观察他确是个善良正直的人。

已是六月末，维嘉又和我通话，见李仍无任何消息，她急了，要给李打电话。我急忙嘱咐她说："你在电话上可千万不要责备人家！没有好的可能，那就算了。多认识一个人也不错么。"

维嘉说，"老淡说他什么都好，就是耳朵软，没主意。"

我笑笑,漫不经心地回答,"维嘉,着什么急,不愿意就算了,我对这件事兴趣并不大。"

就在我和维嘉通话后不一会儿,忽然他的电话来了。他说他出差了,路上乱,车子不好走,刚回北京来。接着他又用沉着的男低音问我:"今天午后我到你家看看你可以么?"

我答应了,脑子立刻转动起来:他是什么态度?这件事到底结果如何?冥冥中似乎有一种力量使我倾向他,但我决不会去追求他。这种凭人介绍匆匆认识的老年对象,很难说得上一见倾心,其中理智的成分似乎更多于感情。

我仍然抱着一种试试看的成也好、不成也好的无所谓的态度。

午后,他来了,仍然白衣单裤潇潇洒洒的神态,开始我们谈些当前的形势和他最近的遭遇。他在天津附近一个化工厂兼总工程师,每月去一两次。

谈话时拐弯抹角,最后才谈到了我们间的关系。他吞吞吐吐地说:

"我们至少可以做好朋友。"

我笑笑没多说什么，很快他就走了。

两三天后我住进了医院。

此后，他经常到医院看我，照顾我，经常早八点来，到晚八点才走。

这期间他才告诉我，他一见我就喜欢上了。但又有种种顾虑不敢多接近我。其一，我是名人，他的自尊心使他怕和一个名人结婚，易被人猜测有什么企图。而且名人的架子，名人的生活他也怕"侍候"不了……再则年龄比他大，孩子们会不会不同意，朋友们会怎么看，这些都使他矛盾、迟疑……

我笑着打断他：

"你每天到医院来，看我架子大么？难'侍候'吗？"

他摇摇头，"真像维嘉说的，一点架子没有，你给我的印象越来越好。"

"那么，你是怎么下的决心？"

"是儿子小强给我的鼓励。他说，'爸爸，你不要犹豫不决，只要自己愿意，不要管别人说什么。'"

他极爱他的三个孩子，听见儿子这么说，两个女儿也不反对，他放了点心，但还是迟疑。他说直到这次天津之行的最后一天，辗转反侧了一夜，终于下了决心，所以刚回到北京就来找我。

老年夫妻就是这样，没有时间容许你观察几年，像年轻人那样长期地交朋友、谈恋爱。我们的关系认识不过两个多月就确定下来，因为日已黄昏，哪能容许花前月下长久徘徊，哪有空闲精力游山玩水酝酿感情……自然，多少悲剧由此产生。然而我们是幸运的。

四

我们1989年9月4日结了婚，他搬到我的家里来。我家原只有两个人，跟我一起长大的没有妈妈的外孙禾禾到厦门上大学去了，剩我一人由一个小阿姨照顾。他来了，生活顿时活跃许多，热闹许多，他勤快，没有一点专家的架子。我忙，许多家务他承担起来：为了吃到新鲜可口的饭菜，经常亲自跑菜场买菜，帮助小阿姨做饭；见我稿子写出来没人抄，他帮助抄。我常说他，你少管这些事，身体不大好，别累着。他反对我的观点：

"我来干什么？我们都应该比单身时生活得更好，

192

不管跟谁结了婚，我和她就是一个人，她的事就是我的事，这是我一贯的主张和行动。"

真的，我的事真成了他的事，甚至比他自己的事还认真。

回忆起有些事情是感人的：那还是七月的炎热夏天，我住在医院里，伙食不太好，我无意中说："想叫孩子们买点'天福'的酱肉来吃。"

第二天他来迟了。上午 11 点多钟，正是赤日炎炎的近午时光，他跑得满头大汗进了病房，花白的头发上沾满了汗珠。他把一包包酱肉向桌上一摆，酱肉、酱肚、猪舌头、猪脑子，几乎"天福"好吃的熟肉类，他全买了个够。我说："你干吗买这么全，吃得了么？"他"呵，呵"两声，用毛巾擦着汗水，喘息得说不上话来。

他一个 70 岁出头的老人，又有心脏病、胃病，大热天骑着自行车，从和平里到西单再跑到医院，足有 30 多里，这是一种什么感情驱使着他？我的眼睛不觉潮湿了……

他会照顾人，给我削水果、切西瓜、压核桃……我手笨，向来连个水果都不会削，只能洗干净连皮吃。现在获此"殊荣",自然喜悦非常。而他的可贵,在于不是刚认识的时刻,而是共同生活的几年里月月如此,天天如此。我的病年年增加,年年要住几次医院,他的任务也年年加重。他始终如一,不放心小阿姨,总要自己陪我住院。我腰痛、膀胱炎肚子痛,有时难于下地,他呢,特护的任务全部担当起来。我没法说出我对他的感激、惭愧。我们的朋友、亲戚都说我有福,我也确实有福。1990年在珠海,还没写什么东西就染上了肺炎,而且连着两次住进医院。一个单间病房很小,我睡在一张小床上,他就睡在一张小沙发加一个小凳上。他人不瘦,70公斤的块头,却窝蜷在这么个小天地里,日复一日,夜复一夜。我心很不忍,却又没有办法。我这才深深体会到"满堂儿女,不如半路夫妻"古谚的真实。

有时我问他,"你为什么这么爱我!"

"你人实在,有时天真得像个孩子,精神美。另一个理由,你好看……"

"胡说!"我打断他,"一个70多岁的老太婆哪里还有什么好看!从我年轻时起,从来也没人说过我好看,你这个老头儿净胡说!"

他认真地说:

"我说的是实话。可能是别人没有机会,或者不善于捕捉你好看的镜头。你当然不能和年轻人比,可像你这般年龄的人,有几个不是满脸皱纹的?可是你——脸上白白净净没有皱纹。所以,我从初次见你,就急忙控制自己,不敢多和你见面,生怕自己掉进去出不来。"

他确实说的是实话,他常常一得闲、高兴就凝视着我说"好看"。甚至说出大实话,"你要是个满脸皱纹的老太婆,我才不要呢。"

"你说我精神美,我也不信。这个词儿可不是随便可以加上的,这也是情人眼里出西施吧?"我对他给我的评价,总觉得夸大了。

他郑重其事地反驳说,"聂华苓赠你的别号傻大姐;老作家萧乾说你是个好斗的母鸡,这都不是我编的吧?这两个别号,概括了一个人的人品,忠厚老实,敢于向邪恶斗争。这样的人,谁不喜欢?"他加重了"喜欢"两字的语气。

"喜欢不喜欢又怎样?反正已经在一起过下来了。"

我从不夸他,但他在我心中的位置却越来越高,越来越深重。他把我们两人的生活安排得不错，这只是其中的一面，更重要的是他关心我的事业，对我的写作简直到了关、管、卡（关心、照管、卡我的每一点不当处）的程度。我每写稿子，不管长短，还没有三两页，我这位"师傅"便急忙抓去"审阅"。我常常一把抢了回来。烦躁地说："你等我写完了再看行不行？我就不喜欢别人看我还没有写完的稿子。"

我说归说，他老先生这个毛病就是不改。这位第一读者拿到稿子后，反复认真地看，于是，大毛病小毛病接踵而来。他的意见对时，我吸收采用；有时我觉得他在吹毛求疵，不接受。这时他不是默默无言，就是高谈阔论，谈他认为必须修改的理由。我生了气和他嚷起来，"你怎么这么好为人师！我不是请你来当我的家庭教师的。"他急了也嚷着，"我不是来吃闲饭的！你写的东西有时马虎，有时文法不通，别以为你是大作家就字字千金，天衣无缝。"

他固执己见，寸步不让，我气得忍不住揭露他：

"怪不得小媛（他的小女儿）说你对她妈妈也是这么好为人师。她是个挺不错的画家，你常在人家作画时，在旁边指手画脚，说长道短，把她气得不得了。现在你又跟我来这一套。"

"那是我也懂点画，我为了她也曾看过不少有关绘画的书，看出她的毛病就得说出来。对文学理论我不太懂，但我读过不少作品，我会欣赏，对你的文章看出毛病不说，我忍不住！"

你一言我一语，时常为我的稿子吵吵嚷嚷。当我冷静思考之后，觉得他的意见有的确实可取。他是学理工的，但对文学有兴趣，也有一定鉴赏水平，离休后还干过几年科技翻译工作，科学文字要求简明严谨，不能有丝毫含糊不准确的词句。而我的文学作品则有时信笔由之，时常出现臃肿或不确切词句，最后终于以他之长补我之短，我俩皆大欢喜。

五

我们对文学艺术的某些共同看法和兴趣，也使我俩的心灵更加贴近。我们都认为文艺作品应当净化人的心灵，使人向上，应使读者、观众热爱人生、热爱人民、寻找最能发挥个人价值的所在；应当鞭挞丑恶、揭发丑恶，而不是宣扬丑恶、毒害人民。如最近出版的那本吹捧为当代的《金瓶梅》《红楼梦》一书，我们为作者惋惜之余，都忍不住疾愤气恼。我简直无法卒读，他认真地读完了，竟气呼呼地大喊起来。

"'扫黄，扫黄！'喊得老响！但事实却是公开发行几十万、上百万本这样的书！可能是作者、大编辑、大文学评论家们的家中都没有未成年的中小学儿孙，但是也应该考虑到叫别人家的孩子们看了，会起什么作用呀！……"

"看你，又来劲了，别激动！犯了心脏病怎么办？你我都不是文学评论家，咱们无资格也无精力去参与此书的评价。但是孩子们、中学生看了会起什么作用，这确是个大问题，我同意你的忧虑。"

我的安抚，使他高兴了，平静了。他带着胜利的微笑，讥讽起我来：

"也许你们文学家们的后代身上，有天生遗传因子，有免疫功能，对这样的书有高度的文学欣赏水平！"

"别说了，想干什么干什么去吧。"

"对，对，不过我还得再说一句，如果今后有哪位医学家或文学家证实了此书确实对发育中的孩子，起到某种性激素作用，能促使孩子们发育成长得更好，对此书我举双手赞成。"

对这样性格质朴认真的人，有时，我只能喊一声："你少说两句行不行？"

当然我们不是整天生活在吵吵嚷嚷、热烈辩论之中，和谐、安静的生活是我们的主旋律。共同的兴趣，对人生相近似的认识，把我们两颗心紧密地联系在一起。我喜欢昆曲、民乐，他也喜欢。他喜欢看各种球赛，喜欢京剧，也逐渐感染了我。

他多次说过这样的话："不论老少夫妻，在一起不能只是卿卿我我、饮食男女，生活中必须要有共同基点，互相关心，互相谅解，互相补充，不断创造、提高和丰富共同生活的内容。"这些话是常识，然而他的可取之处在于他坚定地这样做了。我们两人的小家庭，丰满、充实，洋溢着温馨、和谐。虽然两个性情直率的老人也有时争吵，但吵完了，看他那红着脸，气昂昂的样子，我忍不住笑了，反而觉得他更加可敬可爱。他所有的气恼，很少是为他自己，几乎都是为了我或亲友们的棒遭遇所引起。

　　但他绝非完人。有时他的毛病一上来，还真叫人受不了。这是相处长了，遇到许多疙疙瘩瘩的事情之后才发现的。

　　有人不经我过目，也不叫我知道，竟自称我的好友写了我的访问记，记中胡编乱造，侵犯我的名誉权。我生气，也烦恼，可这位老先生比我的气还大还高，有时竟达到怒发冲冠的程度。我和儿子见他听到一些传言后，怒目圆睁、气喘吁吁，怕他有心脏病受不住，都劝他对我的事少管些。不料他听此言越发气了，生儿子的气，也生我的气。从这件事起，我俩不断争吵。虽然没有原则纠纷，只有个别不同意见，而这位先生认死理，疾恶如仇，每每听到见到一些诡辩、无理、自私、卑鄙、丑恶的现象，就忍不住发火，甚至火冒三丈出口伤人。

　　开始我还不甚了解他，对他这些毛病受不住，甚至伤心。一个高级知识分子，怎么这么没涵养？我常对他说，社会上黑暗事、不讲理事、卑污事多着呢，你都生气，气死你能纠正过来么？冷静时他也懂这些道理，也讲养生之道。可事到临头，他照旧冒火。1992年春，为我遭遇的一些事他经常生气，积怒成疾，心脏病复发病倒了，住进了医院。病中医生劝他："这么大年纪了，还有什么想不开的！"他当时对我学着医生的话，似有恍然大悟之意。可是出院后，那个没完没了的官司，又叫他不断生小气，生大气，气比我大得多。他帮我写诉讼材料，一写半天半夜，废寝忘食……渐渐地，我明白他了，看透他了，他现在发火、生气、伤人，全是为了我周围繁复的事。他离休了，什么事都没有了；我呢，社会活动多，四周乱七八糟的事情多，写作中的问题也多，对我各方面的事，他又无微不至地问、管、参，于是，千斤枷锁套在这个处世为人十分固执、一丝不苟的老先生身上。渐渐地，我对他的懊恼、对他的不满消失了，一种深沉的知遇之恩、怡然自得的幸福感时常充蕴在我衰老的病体中。他虽有毛病，却是大大的好人。他刚直不阿，对他人的不幸（**不仅是我的**）比对他自己的还关心；对周围人的不良行为，不管至亲好友，或生或熟，他张口就来硬的，不客气地信口就批……这些我看惯了，也理解了。他常给我得罪人，我也认了。人，谁没有毛病呢？他自己也常说，"要不是这脾气，也许早就得了一官半职，但那非我所求。"我感觉他虽是块顽石，但这石头上却闪耀着金子般的光亮。

六

我在北京香山有个写作点，几间古建屋，小院中一大片修竹蹿入屋顶，醉人的翠绿染得院中屋内仿佛一片片斑驳的绿影，给我的小屋罩上一层神秘的色彩。每当风吹，竹影在窗上不停地晃动，我坐在桌前或躺在床上，心旷神怡，凝望着竹影，不觉陶醉在梦寐似的迷离中。这环境他也同样迷恋，他多次说过，"以后咱们就在香山过吧，在这儿一同度过咱们的晚年。"

我当然也同样向往。

我们的住处紧靠卧佛寺旁，夏日远眺，满目青山；近望，鲜花烂漫。门外绿树葱茏，幽静无人，树多人少，空气新鲜、清澈，面对污染不轻的北京城里，这儿真是个世外桃源。有时风和日丽，我身体较好，我们就漫步在林中小路上。近年渐渐老了，步履维艰，他就扶着我走，看见地上有块石头子儿，就忙先踢开。我们常在晚饭后出来散步，而对西边山上快要落下的夕阳，那么圆、那么红、美得迷人。有时我们滔滔不绝地议论，有时我们默默无言。每当看到这般美丽的夕阳时，我总会立刻缄默下来，良久地伫立着，望着巍峨山巅的那轮耀眼的夕阳，心中默默诵念：

"美丽的夕阳，你看着我年复一年地度过了坎坷而又美好的一生，你也将看着我不久的将来，像块石子悄无声息地陨落于苍茫天地间。我身边的他，这块顽石，也将和我一同陨落。"

1993 年 12 月

全世界只有一个陈香梅

王开林

在华盛顿，人人玩弄政治，个个追逐权力，一朝天子一朝臣，共和党与民主党风水轮流转，唯有保持平常心，掌握距离感的陈香梅置身其中，经久弥香，最终被大家敬称为"共和党的女主人"。

有这样一位女中豪杰，破纪录和保持纪录一直都是她的拿手好戏。

她是抗日战争时期中华民国中央通讯社的首位女记者；

她是在白宫任职的首位亚裔女性；

她是出任美国航空公司副总裁的首位亚裔女性；

她是美国大银行的首位亚裔董事；

她是在美国总统大选中助选次数最多（共五次）的亚裔女性；

她是美国总统（里根总统）的首位亚裔女特使；

她先后被八位不同党派的美国总统聘为联邦政策顾问，至今仍是美国亚裔人士中的独例。

她的人生是一部鲜活的传奇。她的成功不单纯是个人的成功。这个特殊的范本能使志不在小的女性从中汲取教益、信心和力量。

她就是陈香梅。

诚如唐代黄蘗禅师所言，"不经一番寒彻骨，那得梅花扑鼻香"。旁人看到的都是陈香梅风光荣耀的 A 面，而她劳其筋骨、饿其体肤、苦其心志、空乏其身的 B 面则鲜为人知。其耀眼的名誉和成就绝非得自上天的恩赐。她能够在男权社会中卓尔不群，突围而出，毫无疑问，这与她的勇气、智慧有正相关，也与她自强不息、坚韧不拔的性格和锁定目标、把握机遇的才能密不可分。

生于忧患

公元 1925 年 6 月 25 日，农历端午节，陈香梅出生于北京协和医院。

陈家祖籍福建，后迁徙至广东南海。陈香梅的祖父陈庆云年轻得志，才不过三十出头，就做了中国招商局局长，除正室曾夫人外，他还有两房姨太太。陈庆云脑瓜子机灵，心肠火热，对创办实业兴趣浓厚。当时，香港电车公司方兴未艾，他认为在广州也会有发展前景，于是做了大笔投资。哪知两地民风民情迥然不同，广州市民观念滞后，公司亏损得一塌糊涂。年关逼近，债主登门，陈庆云受不了破产的打击，从五楼纵身一跃，自杀身亡，年仅三十八岁。陈香梅的外祖父廖凤舒是革命家廖仲恺的胞兄，广东惠阳人。民国时期，他先后在北京政府和南京政府任职，是一位精明强干的外交官，出任过古巴公使和日本大使。早年，廖凤舒与陈庆云结为莫逆之交，两家上演了指腹为婚的传统剧目。其后天从人愿，陈家弄璋（得子），廖家弄瓦（得女），遂结为秦晋之好。陈香梅的父亲陈应荣是英国牛津大学法学博士和美国哥伦比亚大学哲学博士，算得上是读书种子，她母亲廖香词也是从小深受西洋文化的熏陶，曾赴法国、意大利学习音乐和绘画，在英国旅行期间，她还结识了一位伦敦上流社会的年轻贵族，芳心暗许，对于父亲订下的盲婚抱有明显的抵触情绪。其时，廖凤舒担任古巴公使，记得"女大不中留"的古训，便将陈应荣从美国、廖香词从英国召到古巴首都哈瓦那，为他们操办婚礼。婚后归国，陈应荣先在教育界发展，出任北京师范大学教务长和英文系主任，由于他十三岁就留洋，国学功底薄，总感觉力不从心，嗣后转到外交界服务，才算如鸟投林，如鱼得水。

在世人眼中，陈应荣与廖香词结缡，堪称才貌相当，门户敦对，可是他们并不幸福。两人的性格南辕北辙，始终未能做到灵犀相通。廖香词闷闷不乐，郁郁寡欢，即使笑的时候，也有点悲苦的神情。廖香词知书达理，心地善良。她一鼓作气生下六个女儿，廖凤舒将她们依次命名为：香菊（*后改名静宜*）、香梅、香莲、香兰、香竹、香桃。真是满门花木，四季飘香，难怪飞虎将军陈纳德将她们六姐妹幽默地称为"一座标准的植物园"。

陈香梅从小跟随父亲，耳闻多国语言，眼见八方人物，领略异域风情。起点高，底气足，翅膀硬，这样的雏鹰自然要比别的鸟儿更敢于试探蓝天。

陈香梅年少丧母。正赶上抗战初期，陈应荣担任旧金山领事，借口外交部不准假，居然没有回国。陈香梅不相信民国政府会如此不近情理，竟然禁止丧妻的官员请假回家安排后事。此时，六姊妹大的不足二十岁，小的才不过五六岁，竟沦落到无人监护的悲惨境地。为此，陈香梅很难原谅父亲的薄情。

小小年纪，陈香梅就深知祈求上帝垂怜根本无济于事，父亲越离越远，战火越烧越近，她必须尽快独立。在父亲首肯之下，她和四个妹妹进了香港铜锣湾的圣保禄女中，这是一所由比利时修女管理的教会寄宿学校。1941年12月8日清晨，日军机群轰炸香港九龙的启德机场，全岛陷入极度恐慌之中，陈香梅和四个妹妹、几十个同学躲藏在寒冷潮湿、令人窒息的地下室里，许多天忍饥挨饿，担惊受怕，她们的泪都哭干了。不到一个月，日本军队占领香港，她们终于胆战心惊地走出地下室，走到更危险更可怕的"日光"下。什么叫生死未卜？什么叫命悬一线？陈香梅全知道了。

1942年4月，谢天谢地，陈家六姊妹如逢大赦，拿到了离港证，离开血气氤氲的孤岛。逃亡是悲哀的，比逃亡更悲哀的则是在日军沥血的刀枪之下不许逃亡，六姊妹能够逃回内地，已是不幸之中的万幸。

1942年6月初，六姊妹从香港乘船到澳门。此前，陈香梅与大姐静宜合计着将家里收藏的古玩、书画和母亲陪嫁的金银器皿装满几只大木箱，分别存放在一位相熟的印度人和另一位朋友家中，至于那些可以随身携带的钻石、翡翠、珍珠、蓝宝石、绿宝石和金银首饰，则全部带走，有朝一日，缺少生活费，将它们变卖，可解燃眉之急。把宝物缝在冬天穿的棉袄里还不够安全，她们又急中生智，在较厚的书册当中挖出小坑，隐藏那些戒指和钻石耳环，再用细绳捆牢书册。这套走私的法门，她们无师自通。尽管六姊妹在广州被人骗去几件名贵首饰，心情有点沮丧，但她们视之为破财消灾。逃亡途中，陈香梅目睹了中国农村的贫困和百姓的苦楚，这可不是以往阅读赛珍珠的长篇小说《大地》和《龙子》，观看电影《渔光曲》那般鼻中微酸的感觉，绝对触目惊心。一路上，这位名门闺秀尝够了风餐露宿和蚊叮虱咬之苦，"鸡声茅店月，人迹板桥霜"的诗意半点也体会不到。人命贱如秋草，陈香梅染上了疟疾和痢疾，受到病痛不舍昼夜的折磨，顿觉死神在收网。所幸她命不该绝，凭着几帖中药，凭着顽强的求生意志，她活了下来。

六姊妹到了桂林，总算获得喘息之机，美国十四航空队司令陈纳德受好友陈应荣之托，派两名副官将六姊妹接往昆明。

患难是一柄双刃剑，它可以造就许多人，也可以毁灭许多人，陈香梅很幸运，上帝将她归入了"艰难困苦玉汝于成"的那支小分队里。

美人嫁英雄

在回忆录《一千个春天》的英文本中，陈香梅为自己的初恋情人取了个英文名字——Bill，在中文版的回忆录《春秋岁月》中，则称他为毕尔或毕君。

六姊妹滞留香港时，年方二八的花季少女陈香梅坠入了爱河，尝到了温馨甜蜜的初恋滋味，对象是交通大学的高材生，一位潇洒多金却毫无纨绔气息的富家公子。他们相识在一次演讲比赛上，典型的一见钟情。陈香梅在自传中写道："我和他面对面，四目相看，就像一股暖流、一道电力使我觉得我们前世似曾相识，我一时竟呆了，说不出话来。"

接近中秋，陈香梅接到岭南大学的入学通知书，正在兴头上。毕业前，她代表真光女校获得了全港中学生演讲比赛和作文比赛的双料冠军。人逢喜事精神爽，毕尔在香港最高档的香港酒店为她摆了庆功宴，香槟酒拉近了两颗心的距离，"陈小姐"这样生分的称呼在他的口中变成了更亲昵的"安娜"（**陈香梅的英文名**）。毕尔酒量好，吐出的烟圈从不散箍，很有些青年绅士的派头，也不乏豪爽的作风，他声称自己要去重庆完成学业，毕业后为抗日出力，这也是特别讨彩的话题。毕尔喜欢陈香梅，有点唯恐人不知的意思，两眼老是瞅着她，对她微笑，问一些事情，她很少回答，身旁鬼机灵的女友则越俎代庖，有意无意间泄露情报：比如陈香梅是一流才女啦，诗文很棒，为同学捉刀写情书，成功率极高，诸如此类。陈香梅的脸颊一早变成了通红的烙铁。可以说，爱情既可能使人胆大，也可能使人胆怯，毕尔是前者，陈香梅则是后者，用"羞答答"三字形容她，恰如其分。毕尔的乐观精神和豪迈个性给陈香梅留下了深刻的印象，也激发了她内心的好感。一位早熟的少女已开启情窦，毕尔就是她的白马王子。此后，陈香梅变得爱打扮了，母亲留下的香水也派上了用场，他们一起听斯义桂的音乐会，听他演唱那首《教我如何不想她》。毕尔自然而然地握住了陈香梅的纤纤素手，五指紧扣，默契而温情，令她心如鹿撞，快乐的电流全身奔涌。她只希望这个音乐会永不停歇地继续下去，好让他们依偎而坐，细细地品味这美妙的感觉。音乐会后，他们乘缆车到山顶，一边看浮云，一边谈未来，毕尔希望陈香梅能去更安全的大后方读书，他乐意照顾六姊妹。真爱是一种刻骨铭心的感动，喜悦的泪雨最能滋润爱情的花朵，这话原是不错的。何况还有令人心醉的初吻，这高于歌唱的神圣仪式使爱情变得壮丽辉煌，这一吻令他们终生难忘。

聊天，吃馆子，跳舞，观剧，看电影，听音乐会，几多消遣，几多快乐，但好日子总是飞逝如风。香港危在旦夕，六姊妹买了船票，准备乘船到旧金山投奔父亲和继母，陈香梅纵然有一百个不愿意，但父命难违。热恋的情侣不怕危险，只怕离别，而离别已命中注定。

在《倾城之恋》中，张爱玲有一个俏皮的说法，日本军机轰炸香港，"炸断了许多故事的尾巴"。本来，毕尔已定于12月底飞赴重庆，他购买了三张机票，他和他的同学每人一张，另一张留给陈香梅。陈家六姐妹也订好了美国邮船公司的舱位，启程日期为 12 月 27 日。赴美？赴渝？还是留港？鱼和熊掌该如何取舍？陈香梅很难做出决定。这一回，命运之神替她拿了主意，一个算不上太好，也算不上太坏的主意。日本人的炸弹丢下来，她的生路只剩下回内地，所幸是与毕尔同行，再苦再危险也能相依为命。

毕尔重感情，更重事业，他带领六姐妹跋山涉水，历经千辛万苦抵达广西桂林，然后与她们道别，去最危险的滇缅公路做事。陈香梅随着岭南大学不断迁徙，好不容易挨到毕业。1944 年，她成为中央通讯社昆明分社特招的首位女记者。此时，毕尔已回到重庆，两人动如参商，聚少离多。更不妙的是，毕尔对梳着两条辫子的女记者去采写美军"飞虎队"的新闻不以为然，他认为她做战地记者太危险，冒险是男人的事，总而言之，战争应该让女人走开。陈香梅并不这样认为，她爱冒险，弱肩照样担道义。去美国深造的机会她已放弃，她的事业心和爱国心并不输给任何一个热血男儿。毕尔无法理解这一点，他甚至教训她："美国人来援华，我们当然感激，但那些家伙不但到处找女人，还居然到大学里去找女学生，太不像话了！"陈香梅听了这话很不是滋味，当即辩驳道："他们对我很客气，很有礼貌。我每次去采访，他们都派车子接我，又送我回报社，很守规矩的。"毕尔妒火攻心，接下去他说的话更为难听："他们哪敢对你不规矩，他们知道'老头儿'对你们姐妹关怀备至，他们当然不敢有非分之想！"美国飞行员多半是壮丁，大家敬称五十出头的陈纳德将军为"老头儿"，但这个称呼从毕尔口中吐瓜子壳似地吐出来则是另一番意味。陈香梅眼看着情变的导火线被他点燃，却无可奈何。

抗战胜利后，陈香梅人在昆明，中央通讯社决定派她去上海分社工作，毕尔人在贵州，希望她去香港与他会合，先见过他的父母，再决定两人的终身大事。这个矛盾怎么解决？一边是事业，有许多大新闻等着她去采写，她不想错过；一边是爱情，关系到一生的幸福，她也不愿失落。她渴望去上海痛痛快快地欢度她的青春，在那里与毕尔聚首。然而，毕尔主意已定，他要去英国或美国留学，希望年轻的恋人与他结伴同飞。既然人各有志，事业与爱情拢不到一块儿，那就只好认命，实际上，也就是互致祝福，友好分手。他背过身去，眼圈发红，她已泣不成声。

飞虎将军陈纳德与陈香梅的父亲陈应荣在美国相识，成为朋友，香港沦陷后，六姐妹去了昆明，陈应荣便请求陈纳德就近照顾六朵金花。巧的是，陈香梅破天荒地进了中央通讯社，而且负责采写"飞虎队"的战地新闻，与陈纳德接触频繁。无巧不成书，无巧不成事，巧上加巧，便造就了一段惊世良缘。

在四十七岁之前，飞虎将军陈纳德到处流转，一事无成，只不过是美国空军中区区一上尉。1937年，受中华民国航空委员会秘书长宋美龄之邀，陈纳德到中国训练空军飞行员，在他的美国护照上填写的职业却是"务农"。当时，中国陆军装备差，战斗力却不弱，空军则近乎一片空白，幸亏宋美龄赴美游说，陈纳德招募了一批年轻勇敢的飞行员，组建成"美国空军志愿队"，中国空军经过这番"输血"，才有了活力和生机。陈纳德的性格坚韧不拔，极富魄力，军事指挥才能出众，在他的领导下，"飞虎队"驾驶着美制战斗机，屡战屡捷，在整个抗战期间，共击落日本军机近两千架，击毁日舰数百艘，击灭日军数万人，在"二战"空军史上，创造了以少少许胜多多许的空战神话。在自传《春秋岁月》中，陈香梅写道："终其一生，他从未有过充分的'资本'——不论是飞机、战士、汽油、弹药或金钱。尽一己之所能，达成至上的收获，已经变为他的第二天性。"飞虎将军陈纳德是一位罕见的传奇人物，是世人心目中义薄云天的大侠士大英雄。陈香梅由敬生慕，由慕生悦，由悦生爱，她遵循的是美人爱英雄的标准路径。

抗战胜利后，陈纳德将军得到蒋介石和宋美龄的首肯，在上海成立民航空运公司。他的事业辉煌了，这还不够，他将获得大奖赏。美丽的女记者陈香梅不是没人追求，毕尔走了，中央信托公司总经理聂光坻立刻做了替补队员，许多次的长夜之舞却并没有抹去他们最后那几寸距离。凡人吃不消时，便轮到英雄登场。恰逢陈香梅因胃溃疡住院，陈纳德将军每天让司机送去花篮。一天黄昏，他去医院探望可怜的"小东西"（他总是这样叫她，久而久之，就变成了昵称），见满室鲜花，便笑着问道："是谁送了这么多花儿？"她也以玩笑的口气回答道："是你的司机，我还没死你就想用花葬我！"

他是她心中的太阳，她是他梦中的黑眸子，横亘在他们中间的三十五度春秋又算得了什么？然而，要让外祖父母欣然接纳飞虎将军——一位五十多岁、脸皮比树皮还要粗糙的外国人——做外孙女婿，可不容易。陈香梅绞尽脑汁，想出一条妙计，叫陈纳德陪外公外婆玩桥牌，送花，输筹，谈天说地，陪外公喝上两杯，铁打的罗汉善解人意，巧结欢心，真是难能可贵。外婆对陈纳德印象好，但舍不得宝宝（**陈香梅的乳名**）远嫁，怕再也见不到她。陈香梅就告诉外婆，飞虎将军热爱中国，他的事业根基在东方，不会有长久分开。40年代，中国人普遍不赞成异族通婚，何况是中国少女嫁给美国老头。即使是长期受西方文明影响的陈应荣，听说老朋友陈纳德要尊他为泰山岳父，也感觉消化不良。陈香梅信奉天主教，陈纳德信奉基督教，而且是离了婚的男人，天主教徒与基督教徒结婚，连教堂都不肯接纳，连神父都不肯证婚。陈香梅自然希望自己的婚姻大事能够得到父亲的祝福。父女之间根本谈不拢，最终还是飞虎将军亲自出面，疏通了她继母贝茜的关卡，事情才柳暗花明。

婚前还有一事，陈纳德请求准新娘与他一同赴南京觐见蒋先生和蒋夫人。陈香梅有点不高兴，把退堂鼓敲得咚咚响，她说："你结婚难道还要征得他们的同意？你应该一个人去，若要我同行，我认为不妥。"陈纳德包容了准新娘的孩子气和傲气，还巧妙地打圆场，他说："并不是同意和不同意的问题，他俩都想见见你。"陈香梅考虑到陈纳德还要在中国做事，只好勉为其难。她与宋美龄的初次见面显然是愉快的，宋美龄凭直觉就可判断出，被飞虎将军深爱的女人绝对不会是平淡无奇的女人，至于这位年轻女记者未加掩藏的清傲，她不仅不觉得这是对她的冒犯，而且还露出欣赏的笑容。

1947年12月21日，在美国将军陈纳德的私寓，二十三岁的中国新娘披上了法国服装设计师绿屋夫人为她特制的雪白嫁衣，五十八岁的新郎身穿美国空军中将军服，在一千朵白菊花的花架下，彼此许愿终生相守。翌日，中、美两国各大报章都登载了一张飞虎将军陈纳德亲吻东方美人陈香梅的照片，这绝对是当年圣诞节期间最轰动的大新闻。婚前，蒋介石和宋美龄祝福了这对新人，大喜之期又派外交部次长叶公超专程从南京到上海致贺，可算是给足了面子。十年后，正是这位学贯中西的乔治（叶公超的英文名）叔叔为飞虎将军题写了墓碑。

抛开世俗偏见，陈纳德与陈香梅的结合堪称完美，她本人也一再说过："我们的结合有说不尽的深情。"中华民族是一个知恩图报的民族，它将自己优秀的女儿嫁给仗义行侠的美国英雄，合情合理，让这位美国英雄的晚年得到幸福，也是受惠于他的每一位中国人的共同心愿。十年后，在写给夫君的信中，陈香梅一往情深地倾诉道："……我们的生命恰似两条溪水，互相汇合，流成一条江河。我们根深蒂固地愿偕白首，只为我们的爱不仅是表面上的美好，而是灵魂的真实，这是上苍可为明证的。"这样的爱情堪称千古绝唱。

飞虎将军陈纳德不仅是一位英勇的军事家，还是一位运动健将（网球和棒球场上的高手）和出色的企业家（民航公司的业务遍及中国四十七个大中城市），他头脑灵活、言谈幽默、富有爱心，这一切都使他具有常人望尘莫及的非凡魅力。婚姻幸福了，人生已成功一半，陈香梅的成就感和满足感溢于言表，她视他为师为友，他视她为妻为女，从他那儿，她加倍地补回了曾经失落的父爱，你说她有恋父情结，她也不会多作辩解。嫁给一位英雄，陈香梅的确失去了普通女人的许多乐趣，但她嫁给飞虎将军，就仿佛亟待升空的卫星拥有了火箭发射架，这绝对值得。

1948 年，美国特使马歇尔三次来华调停，均宣告失败，国共和谈破裂，内战继续升级，随着蒋家军队兵败如山倒，陈纳德的民航事业也像一块巨冰迅速融化，眼睁睁地看着心血虚掷，这对那位铁罗汉的打击无疑是巨大的，好在两个女儿的相继出生给了他莫大的安慰，他还笑称自己会像陈香梅的父亲那样拥有六朵金花。宋美龄主动提出做这两个女孩的教母，经常赠送礼物和玩具，其中有两枚玲珑剔透的图章，上面刻着陈家双闺女的中文名字，最为陈香梅所珍视。蒋介石给两个女孩分别取名为美华和美丽，承蒙他的美意，宋美龄的"美"字派又补充了新鲜血液，增加了两位接棒选手。

"二战"后，英勇仗义的飞虎将军陈纳德声名大噪，响彻全球，他有不少机会回到美国发展，有人劝他挺身而出竞选州长或议员，有大公司请他做董事，还有一些正在筹组的航空公司聘他去掌舵。这大把良机对他来说都很有吸引力，但他选择了再回中国服务这一途径。从1948年到1958年，陈纳德与陈香梅结婚十年，日子过得相当困苦，究其原因，是他选择留在中国大陆和台湾。1949年，陈纳德迁居台北后，事业受挫的阴影挥之不散，这位渐显疲态和老态的"飞人"已有点英雄迟暮的味道了。陈香梅则如鱼得水，做了"午饭团"（台北名流聚餐会）的核心会员，"谈笑有鸿儒，往来无白丁"，她不仅从那些著名教授、著名报人、著名艺术家、著名政要身上受益良多，而且充分锻炼和展示了自己的社交才能。

陈纳德，硬朗的铁罗汉，强壮的老战马，美国空军三星中将，为中国人民两肋插刀的义士，在美国人心目中，他是"二战"期间亚洲战场上的头号美国英雄，可他未能打败最后一个敌人——肺癌。上手术台前，陈纳德给陈香梅留下了一封遗嘱，用饱蘸深情的笔调写道："我以任何一个人所可能付出的爱，爱你和她们，我同时相信爱将永存于死后……要记住并教导我们的孩子们生命中确切的真谛——要品行端正，要诚实忠贞，并以慈爱及于他人。生活不可过分奢侈，不要嫉妒别人，享受人间生活的舒适不以匮乏为忧。要谦和并全心致力于你所选取的职业……"每读此信，陈香梅就潸然泪落，他们的爱情是一部《未完成交响曲》。

台湾作家杨子在《红粉知己》一文中有一个新观点："人生以立言、立功、立德为荣，其实，立情才是生命的最高意境：能爱与被爱，生命就如花朵之开放，灿烂繁华，固不免终于凋谢褪消，也是不枉不朽了。"陈香梅对此赞赏有加。其实她走的正是"三不朽"加"立情"的路子，而且走得又快又远。

值得一提的是，1958年，陈纳德将军病重不起，宋美龄专程飞赴美利坚，前往医院探望这位挚友——真正的患难之交，陪伴他度过了生命中最后那段时光。十天后，陈纳德去世，宋美龄参加了他的葬礼。

美国国防部以最隆重的军礼将陈纳德安葬在华盛顿威灵顿军人公墓，与他同葬在一条大道上的有肯尼迪总统和名将小麦克阿瑟元帅的父亲麦克阿瑟将军。陈纳德的辉煌历史悄然打上了句号，陈香梅的辉煌历史才刚刚开篇。

华府女主人

在生命的向晚时分，陈纳德曾对好友诺伊州长说："安娜有你想象不到的力量。"陈香梅的力量源泉何在？飞虎将军的勇敢、睿智、坚强、勤奋和赫赫英名，是她的底劲。陈纳德去世之后，陈香梅强烈地意识到，一位孀居的中国女性置身于美国社会，仅凭赤手空拳，单枪匹马，要打出一片天地，绝非易事。所幸她是飞虎将军的夫人，拥有非凡的勇气，她决定向美国首都华盛顿进军。赢就要赢得漂亮，胜就要胜得威武，这正是陈纳德的遗风。

陈香梅富有魅力，身边从不缺乏仰慕者和追求者。在岭南大学读书时，陈香梅才貌双全，曾得到学贯中西的吴重翰教授的激赏，吴教授经常请陈香梅喝福建功夫茶，而且还写过一副对联赠给她，"几生修到梅花福，添香伴读人如玉"，那意思颇有点自恨老大的怅然。

北平——香港——昆明——上海——台北——华盛顿，三十五年间，陈香梅已迁徙了六个居住地，她不禁发出疑问和感叹："何处是我的家？"她带着两个稚气未脱的女儿，无钱无势，美人肩上只扛着受人尊崇的英雄姓氏，陈纳德的荣光尚未暗淡，这的确是一笔巨大的无形资产，关键就看她如何运用。飞虎将军的昔日挚友个个真心实意要帮助孀居的陈香梅，但她不打算依赖别人的同情度日，更听不进那些不识相的求婚者的美言："安娜，你一个女人住在华盛顿，怎么应付得了？让我来照顾你。"她实在受不住他们的纠缠了，就举起挡箭牌："我要葬在阿灵顿军人公墓陈纳德将军的身旁，不能改名换姓。"为了打消那些有妇之夫的非分之想，也为了避免瓜田李下之嫌，她终于想出了一条妙计。华府当年红得发紫的名律师葛柯伦既是飞虎将军情同手足的好友，又是丧偶的单身汉，他的年龄比陈纳德小一点，比陈香梅年长三十岁，很乐意当她的护花使者。他们约定，他有宴会时她做他的女主人，她有宴会时他做她的男主人。这样一来，不必再设"马其诺防线"，那些追求者纵有神针，也无缝可插了。

电影明星伊丽莎白·泰勒做过参议员约翰·华纳的妻子，她曾感慨万千："华盛顿对于一个女人来说是很难生活的地方。我认为那里不幸福的妻子比其他任何地方都要多。为什么？你必须通过你的丈夫生活，而他却对你满不在乎。你帮助他竞选胜利，然后参议院就变成了妻子、情人。这可是一位我不能与之争斗的'女士'，她太厉害了！"陈香梅久在华府打拼，无疑要比伊丽莎白·泰勒更知晓此中的甘苦滋味，她又怎么肯做男人的附庸，扮演不折不扣的"政治寡妇"的角色？

华府社交界传闻陈香梅与葛柯伦暗订婚约，他俩既不承认，也不否认。他和她均尊重各人的自由，他乐得"有女同车"，她也乐得舞伴常随左右。葛柯伦是政界的一流教授，声誉之隆四十年如一日，她从他那儿得到了真挚的友情和许多千金难买的指点。他也是爱她的，但始终放在心里，这尤其令陈香梅感动。

1959年，陈香梅在乔治城大学主持一项机器翻译的研究，主要目的是要把各种语言的教科书用科学方式译成英文。这在当时还是一项新颖的科目，她遇到不少难题，例如英文中的某些成语或口头禅与中文毫无对应关系，认不了表哥表妹。她白天从事研究，晚上则教中文和读书，很少有时间参加社交活动，其聪慧的资质仍养在深闺人未识。

说来令人惊奇，陈香梅，从未在任何一所美国大学念过书，单靠孜孜不倦的自学，认真研修公共演讲这门重要课程，获得了长足的进步。一个人有了实力，下一步就是平心静气地等待命运赐予机会。在那个以男性为轴心的社会里，尽管女人的天空被压得很低，但她完全有信心撑起一方穹宇。

飞虎将军生前一直是南方保守派民主党员，他去世后的第二年（1959年），陈香梅加入共和党阵营。值得一提的是，当年，美国尚未根除种族歧视，陈香梅深受困扰，连本该属于她的车位也被他人（白人）得去，她感到既窝火又无奈。好在陈香梅才能出众，共和党和民主党都想将她罗致旗下。于是陈香梅提出一个先决条件，谁能够把车位给她拿回来，她就加入哪个党。共和党办事效率更胜一筹，帮她抢回了车位，她就信守诺言，宣誓加入了共和党。

那年月，女人从政，多半要硬着头皮拿出吃奶的力气往圈子里面钻，陈香梅却不然，她是碰巧赶上了趟。1959年，在宴会上，她遇到几位共和党人士，他们问她在哪儿就职，她说是乔治城大学。这时，马里兰州共和党妇女会主席施薇亚·赫曼就在旁边，问陈香梅对政治有无兴趣，她回答颇有兴趣，还说自己希望尽可能多地了解美国的历史和现状，政治显然是其中的一个核心部分。施薇亚当即伸出橄榄枝，说她正在组织少数民族团体，为尼克松助选出力，恳请陈纳德夫人加入其中，陈香梅欣然答应下来。1959 年美国总统大选，陈香梅替共和党摇旗呐喊，虽然尼克松与洛克菲勒最终落败，但她在美国政界的处子秀却相当成功。其后，华盛顿教堂大道 4201 号屋顶公寓，陈香梅的住所，成为共和党高阶层人士经常聚会的地方，他们都喜欢到她那儿喝咖啡，饮酒，讨论政策和方略。陈香梅身上具有东方名门闺秀典雅高贵的气质，而且全无丝毫矫揉造作的成分，爽朗乐观，令人如沐春风，因此人缘奇佳，人脉奇广，人气奇旺，亲和力奇强，这正是她在华府、中国大陆和中国台湾三地游刃有余的政治资本。

　　1967 年，尼克松再度出马，任命陈香梅为全国妇女支持尼克松竞选委员会主席。前总统艾森豪威尔的夫人为荣誉主席，这个组织的会员包括共和党国会领袖的夫人，如福特夫人、狄克逊夫人、陶尔夫人，还有妇女界的领袖，如鲁斯夫人、秀兰·邓波儿。

一个人游戏政坛，做超级票友，最重要的仍是把握好若即若离的分寸感，陈香梅秉持的"参政不入阁"的个人原则就很好地体现了她的觉悟。尼克松曾问过陈香梅愿不愿意出任美国驻马来西亚、新加坡或泰国的大使；福特曾请陈香梅入阁出任财政局长，专管发行美国公债和签订新钞票；里根曾派人拿着"红册"（又称桃李册）请她吃"点菜"（副部长或大使）；不管是不是令人垂涎三尺的香饽饽，她都一概不为所动，婉言谢绝。她出任的多半是闲职，共和党行政委员和财务副主席、少数民族全国委员会主席、出口委员会副主席、白宫学者委员会委员、中美文化交流委员会主席、罗斯福总统纪念馆国际部主席之类。从肯尼迪总统到约翰逊总统、尼克松总统、福特总统、卡特总统、里根总统、布什总统和克林顿总统，每位总统都有一份有职无薪的工作派给她，这是一份至高无上的荣誉。在华盛顿，人人玩弄政治，个个追逐权力，一朝天子一朝臣，共和党与民主党风水轮流转，唯有保持平常心、掌握距离感的陈香梅置身其中，经久弥香，最终被大家敬称为"共和党的女主人"。

政治就是这么回事，心头想的是甲，口头说的是乙，手头做的是丙，陈香梅对此心知肚明。华府的政治风云是最高版本的巅峰游戏，在悬崖的边缘，政敌互相踢来踢去，推来推去，掐来掐去，充满了惊险和刺激。肯尼迪遇刺，尼克松折腾出"水门事件"，里根遇刺，华盛顿市长贝利尔吸毒，克林顿总统的"拉链门"，这些吸引全世界眼球的"游戏节目"全是由华府政党政治的梦工厂制造。她遍观宦海浮沉的万花筒——太多的恩恩怨怨、取舍得失和成败荣枯，什么叫"有容乃大，无欲则刚"？什么叫"木秀于林，风必摧之"？什么叫"逐臭追膻，攀龙附凤"？什么叫"狐假虎威，狗仗人势"？什么叫"过河拆桥，上楼抽梯"？什么叫"卖友求荣，认贼作父"？什么叫"偷天换日，瞒天过海"？什么叫"翻手为云，覆手为雨"？什么叫"一荣俱荣，一损俱损"？什么叫"明枪易躲，暗箭难防"？什么叫"因嫌纱帽小，致使锁枷扛"？什么叫"祸兮福之所倚，福兮祸之所伏"？什么叫"墙倒众人推，树倒猢狲散"？她全都心中有数。那些心口不一、言行相悖的大小政客，本就无道德可言，无信用可循，陈香梅对他们的观感从来不佳，曾一语道破真相：

"你愈了解他们，便愈难对他们有所尊敬，所谓伟大与距离恰成正比。"

当然啦，她也交到了一些政坛的好友，比如两位胡佛（一位做过美国总统；另一位则创办了联邦调查局）、威斯康辛州州长华伦·诺尔斯（一度是她的绯闻男友）、亚利桑那州参议员高华德（曾竞选总统，败在约翰逊手下）。她还得到过一些优秀女性的友谊，比如在她出道之初，华府著名女主人柏儿·梅丝塔（做过美国驻卢森堡大使）曾给过她一句忠告："像你这般年轻貌美，若是有意再婚，就该到别的地方去闯，可是如果你想做点事，应该留下来。"柏儿·梅丝塔还让陈香梅的芳名荣登绿皮书（华府风云人物的通讯录）。待陈香梅成了"共和党的女主人"，其亲和力也使一对二十年不睦的老冤家——柏儿·梅丝塔与另一位华府女名人葛薇·卡弗瑞兹——握手言和。陈香梅与多位美国第一夫人建立友谊，这尤其令人称道。然而，世易时迁，社会需求有别，如今妇女忙于为环保游行，为人权抗议，社交兴趣朝花夕谢，陈香梅——这位华府女孟尝深感接棒无人。

置身于名利场中，富贵荣华见得多了，真正有觉悟的智者反而会看淡名利，归真返璞。许多人煊赫一时，只因玩得太任性，太过火，结果身败名裂，尼克松便是典型的例子。陈香梅能在天字第一号的名利场中保持寒梅的净洁和清香，的确难能可贵。

全世界只有一个陈香梅

1980 年底，于阔别中国大陆三十二年后，陈香梅乘风归来。作为里根总统的亲善特使，她接受邓小平邀请，前往北京访问，她与邓小平亲切握手的照片立刻成为中美两国各大报章的头条新闻，邓小平的坚毅、沉着、诙谐和机智给她留下了深刻的印象。此外，她再次见到舅舅廖承志，畅述亲人之间的别情，也是快事一桩。

1981 年元旦，邓小平在钓鱼台国宾馆设宴款待美国代表团，特意安排陈香梅坐在美方首席位置，参议员泰德·史蒂文斯坐在美方次席位置，他幽默地解释道："美国有一百来个参议员，而陈香梅嘛，不要说美国，就是全世界也只有一个。"诚哉斯言，壮哉斯言！

陈香梅的中国之行另有收获。当年，宋庆龄在病榻上口述，由廖承志代笔，宋庆龄签名，给暌违三十多年的宋美龄写了一封信，托陈香梅转交。书信没有封口，内容并不保密。

这对青史留名的姐妹，既被大洋隔开，又被政治隔绝，至死也未能见上最后一面。陈香梅对此爱莫能助。1975 年，蒋介石去世，时任美国总统福特特派六名专使去台北吊唁，陈香梅是核心成员，为了隆重起见，她亲自出马，说服了美国副总统洛奇出任团长。这件事令宋美龄心生感激。宋美龄定居美国后，她们的交集反而少了。说奇怪也不奇怪，陈香梅给出的解释是：孔家儿女包围了宋美龄，她不喜欢见到中国首贪（孔祥熙）家庭的那些面孔。但陈香梅非常欣赏宋美龄坚持"一个中国，不可分裂"的主见，在回忆文章中，她曾对此三复斯言。

陈香梅为两岸关系解冻做了大量行之有效的工作，1989 年初，她在台湾组团赴大陆访问，开风气之先，真可谓神通广大。

四十年来家国，八千里路山河。

惆怅两岸书剑，何日期许共和？

陈香梅是全球著名的华侨领袖和社会活动家，被誉为"中美民间大使"，虽年至耄耋，却仍旧不惮天高路远，如同候鸟一样，与其男友郝福满先生在大洋两岸频繁地飞来飞去，除了文化交流，还设立教育基金会，资助贫困学生。陈香梅还是中国海外交流协会顾问、中华全国妇联名誉顾问、中国国家旅游局特别顾问、中国电影评论学会电视部高级顾问、海南大学名誉校长和浙江大学名誉校董。

陈香梅始终自视为文人，一生笔耕不辍，共出版散文与诗合集《遥远的梦》、小说集《寸草心》、长篇小说《谜》、回忆录《留云借月》、英文版自传《一千个春天》《一个女人安娜的道路》和《春秋岁月》等多种著作，有的书翻译成十余种语言，有的书重印二十余版次。她的精力，她的才智，至老而不衰。"人不可有骄气，也不可有暮气"，这句话由陈香梅来说，绝对令人信服。

《语之可》·诞生纪

在出版界和报业从事编辑工作多年，每天的阅读中，有许多意境阔远、独抒性灵的文章跳脱出来，却往往由于不符合图书选题或报刊版面的需要而最终割爱，殊为遗憾。最近几年所供职的《作家文摘》是一份内涵丰富、偏重文史的文化类报纸，拥有一支视野开阔、眼格精准的编辑队伍，茶余饭后的研谈中深感一些有嚼头的选题有必要进一步地深化或拓展，慢慢构思出一本内容偏重轻历史的杂志书雏形，采用连续出版物的形式，在大部头的图书与快节奏的报刊之间取"中"，融合报刊的轻便丰富和书籍的系统深入，既不会使读者产生需要正襟危坐啃读长篇出版物的畏惧心理，又不会觉得不够有料，因浅尝辄止而怅然若失。小小的读本因集结了诸多情怀蕴藉、张力十足的佳作而成为读者浮躁生活的一份心动邂逅，无论日常生活中的哪一个角落、哪一种瞬间,都可随手展卷,在轻松愉悦中收获满满的启迪和感动。

这本连续出版物取名"语之可",我们希望以一种独立纯粹的阅读趣味投入浩如烟海的文字中,发现、筛选、整理出那些兼具史料性、思想性、文学性的历史文化大散文,既有学者的深邃思想,旨要高迈、洋溢着天赋和洞见;又有文人的高格境界,灵动优美、感动人心,以最有价值最具力量的文字,剑指"文史之旨趣,家国之气象"。其余,英雄不问来路,无论作者声名,无论是否原发。

《语之可》计划每季度推出一辑,每辑三册,每册六到八万字,五到十篇文章,文章长短数千字至一两万字不等。每册所收文章内容旨趣相近,围绕一个画龙点睛的分册主题。每册都配有一组绚丽多姿的文艺插图,附有背景介绍和衍生的艺术史知识,构成一个微型的纸上主题画展,以期与内文的气质一脉相承,珠联璧合。整个装帧我们希望达到文质兼美的效果,远离一切浮华与虚张声势,回归简静大气的古典韵致,精巧易携。

虽然沉潜思量多年,就本书的出版而言,由于主观的懒散及客观的冗务，却是各种拖延蹉跎，只是在工作之余零敲碎打，有一搭无一搭。得现代出版社同仁的鼓励鞭策和精干高效运作，这个寄寓着我们理想和初心的读物——《语之可》第一辑终于和读者见面了。

书的取名也颇费踌躇。为了体现一种对高迈深远文字的追求与向往，书名受启发于孔子所言"中人以上，可以语上也；中人以下，不可以语上也"。曾有"语可""语上"之名，最后定名于"语之可"，是觉得这样语感更富于变化，语义也更丰富。特邀北京大学赵白生教授翻译成英文。赵教授初译"Beyond Words"，已觉极佳，不想他又颇费思量地请高人译为"Proper Words"，我觉得这两个都是言近旨远，很棒地表达了我们所想表达的意味，实难取舍。

一位作家曾感慨：编辑是一群无声、无名的人，他们的一生像一块巨大冰岩，慢慢在燥热的世间融化。这是个纸质出版从田园牧歌步入挽歌的时代，几个有点理想、有点激情又有点纠结、有点随性的编辑，究竟能做点什么呢？要不要做点什么呢？始终难忘讲述一群辞典编辑日常的日本小说《编舟记》，书中这样解释事业的"业"字：是指职业和工作，但也能从中感受到更深的含义，或许接近"天命"之意。如以烹饪调理为业的人，即是无法克制烹调热情的人，通过烹饪佳肴给众人的胃和心带来满足。每一个从业者，都是背负着如此命运、被上天选中的人。也许，我们这些以编辑为志业的人就是一群无法克制编辑热情的人，能够为读者呈奉出几本可资信赖的读物正是上苍给我们的机遇。一事精致，便可动人。很多英伦品牌历经数百年沉淀，淬炼出一种经久不衰的高尚风范，每件单品都仿佛在唤回一个逝去的优雅世界。纸质读本也是一种历久弥新的单品，以其可触可感，有热度、见性情的朴素温暖着人们的情感与记忆。在这个高速运转、速生速朽的时代，我们唯愿葆有初心，以真诚，以纯粹，以坚守，分享打动内心的文字，也期盼这文字的辉光映亮更多的人。

感谢作者们的支持，许多作者表现出毫不计较的信任，我们感念之余也深受鼓舞，为前行注入了不竭的动力。感谢《作家文摘》这个温暖有力的集体，特别需要提到语可书坊的主力们：经验丰富、功力深湛的唐兰大姐和几位 80 后、90 后新势力——飒爽能干的小琴、文思敏捷的小裴、耐心匠心兼蓄的小于……她们的辛勤付出让《语之可》及语可书坊日臻美好。

临事是苦，回想是乐。不管如何沉吟，最后收束时似乎总是感觉仓促而不满足，或是眼高手低，或是现实所羁，力有不逮，粗疏和不足之处在所难免，诚邀各位方家指正，更希望多赐精彩篇章，共同促进《语之可》茁壮成长！

张亚丽

二〇一六年冬

以文艺美浸润身心
用思想力澄明未来

　　隶属于中国作家协会的《作家文摘》报是一份以文史见长、兼顾时政的著名文化传媒品牌，内容涵盖历史真相揭秘、政治人物兴衰、名家妙笔精选、焦点事件深析，博采精选，求真深度，具有鲜明的办报特色。

　　依托《作家文摘》的语可书坊主打纯粹高格的纸质阅读产品，志在发现、推广那些意蕴醇厚、文笔隽秀的性灵之作，触探时代的纵深与人性的幽微。

　　由于时间仓促及其他原因，编者未能与本书所收个别作品的作者取得联系，请作者及时与编者联系，支取为您预留的稿酬与样书。谢谢！

　　联系地址及联系人：100125 北京朝阳区农展馆南里 10 号《作家文摘》报社转《语之可》编委会

作家文摘
公众号

作家文摘
头条号

語可書坊

投稿邮箱：yukeshufang@163.com

语之可

第一辑（01-03）

01　可惜风流总闲却

02　英雄一去豪华尽

03　也无风雨也无晴

第二辑（04-06）

04　谁悲关山失路人

05　白云千载空悠悠

06　频倚阑干不自由

第三辑（07-09）

07　人间惆怅雪满头

08　家国乾坤大

09　嗟漫载当日风流

第四辑（10-12）

10　吾心自有光明月

11　世情已逐浮云散

12　流水别意谁短长

第五辑（13-15）

13　万里写入襟怀间

14　君臣一梦，今古空名

15　人间有味是清欢

第六辑（16-18）

16　满目山河空念远

17　我是人间惆怅客

18　落花风雨春仍在